새벽의 발자국

단편 소설집

새벽의 발자국

강 해 원 著

도서출판 **문화의힘**

| 작가의 말 |

 글을 쓰는 동안, 저는 제 안에 남은 것들과 오래 마주했습니다. 떠나간 사람들, 끝내 닿지 못한 이름들, 불현듯 스쳐간 기억들이 자꾸만 제 곁을 서성이며 이야기를 요구했습니다. 그것들을 놓치지 않으려 애쓰는 일이 곧 제게는 글쓰기였습니다.

 이번 소설집에 실린 여덟 편은 그 과정에서 태어난 작은 흔적들입니다. 죽음과 상실, 관계의 균열을 응시하면서도 결국 묻고자 한 것은 '우리는 어떻게 살아가야 하는가'라는 물음이었습니다.

 때로는 고집스럽게, 때로는 불안하게, 그리고

때로는 주체적인 결단으로. 그 모습들은 곧 저 자신이 지나온 삶의 풍경이기도 합니다.

  이 책을 읽는 동안 독자께서도 잠시 걸음을 멈추어 자기 안의 기억과 마주하시기를 바랍니다. 그 시간이 제게는 글쓰기였고, 독자에게는 읽기가 되기를.

  그래서 서로 다른 자리에서 같은 울림을 나누기를 조심스레 소망합니다.

2025년 가을에,
강해원

| 차례 |

대답 없는 이름······················010
어느 가장의 밤····················· 046
두꺼비 집 짓다·····················076
안의 방·····························106
타다 남은 것들 ····················136
새벽의 발자국·····················170
한 사람의 방식····················198
AI, 아이=나 ······················232

| 해설 |

삶을 묻고, 글쓰기로 답하다·········260

대답 없는 이름

그의 고개는 다시 떨구어졌다 그리고 바닥에 그의 눈물이 뚝 떨어졌다

대답 없는 이름

「LOVE」*

 장대비가 쏟아지고 있었다.

 봄희는 기척도 없이 나흘 만에 집으로 돌아왔다. 15층 아파트의 꼭대기 층에서는 눈으로 보기보다는 귀로 들어야 빗줄기의 강도를 느낄 수 있었다.

 그녀는 열려있는 베란다 창밖으로 팔을 뻗어 차가운 빗줄기의 감촉을 느끼고 싶었다. 지금 그녀의 몸은 마치 고추밭을 뒹굴기라도 한 듯 등줄기가 뜨거웠다. 그녀는 팔을 뻗으며 몸을 베란다 밖으로 내밀었다. 단순히 뜨겁게 달구어진 살갗을 식히고 싶었을 뿐이었다. 여느 때라면 쉽게 느꼈을 촉감이었다. 빗줄기는 그녀의 뻗은 팔과 얼굴, 온몸을 휘몰이 바람과 함께 세

---

* Lust(욕망), Oblivion(무관심), Victim(희생), Ego(이기심)의 약자

차게 부딪혀 왔다. 그녀는 눈을 질끈 감고 숨을 깊이 들이마시며, 비와 바람을 맞이했다. 그러나 비와 바람은 그녀를 통과해 허공으로 사라지고 일부는 버티컬을 찰랑대며 베란다 바닥을 적셨다.

그날로 다시 돌아갈 수 있다면 얼마나 좋을까, 봄희는 생각했다.

그녀는 퇴근 시간에 맞춰 그를 마중하기 위해 버스 정류장으로 향하는 길이었다. 약속 장소에 나타나지 않는 그녀를 그는 얼마나 오랫동안 초조한 마음으로 기다렸을까. 그녀 또한 그에게 갈 수 없다는 문자를, 기다리지 말라는 문자를 보낼 수 없어서 얼마나 애가 끓었던가. 안녕이라는 말도 못 한 채. 인사도 없이 느닷없이 떠난 그녀를 이미니가 오해하지는 않았을끼 걱정이 앞섰다. 그녀가 하고 싶었던 말들은 모두 그녀의 이메일 편지함에 써서 보관했다. 그런데 그가 너무 늦게 열어본다면 어쩌나. 아무도 볼 수 없게 그녀의 메일함이 닫혀버릴까 봐 두려웠다.

'이럴 줄 알았더라면 하얀 종이에 내가 좋아하는 파란색 0.3 기는 펜으로 에쁘게 정성 들여 써 놓을 걸.'

그녀는 때늦은 후회는 안타까움에 가슴을 내리치고 쥐어뜯어도 돌이킬 수 없다는 것을 알았다. 그러나 어쩌랴, 행복하고 즐거운 삶도 많겠지만, 후회와 미련으로 고통스러워하는 삶 또한 존재하는 것을. 그리고 고통 또한 헛된 욕심에서 기인한 것임을.

*

쉰을 바라보는 봄희의 일상은 어제가 오늘 같고 내일이 와도 특별할 것 없는 그렇고 그런 날들의 연속이었다. 그런 그녀에게 그날은 다시는 못 볼 줄 알았던 그를 정말 우연히 보게 된 날이었다.

일 년 전이었다. 지루하게 내리던 장맛비가 아주 잠깐 햇볕을 내려준 날이었다. 날씨 탓인지 그날 아침은 여느 때와 다른 느낌이었다.

햇살이 열린 동창으로 들어와 새벽에 잠든 봄희의 잠을 깨웠다. 잠결인지 현실인지 분간할 수 없지만, 이상하게 오늘 특별한 일이 있을 것 같은 설렘으로 가슴이 후드득거렸다. 인견이불을 걷어차며 봄희는 몸을 일으켰다. 뭐지? 그녀의 모든 감각이 일시에 아우성치며 깨어났다.

"봐라, 또 비가 오잖냐. 옛말에 아무리 긴 장마라도 사이사이

빨래할 날은 준다는 말이 있다. 오늘 봐라. 낮에 이불이라도 잠깐 널어놓으니 뽀송해서 얼마나 좋냐?"

아침나절 어머니가 안방에서 나오며 이불에서 곰팡내가 나는 것 같다고 짜증을 부렸었다. 그녀는 팔에 둘둘 말려져 있는 이불을 봄희에게 냅다 던졌다. 홑이불이라 잠깐의 햇볕에 뽀송하게 말라 있었다. 어머니는 보송해진 홑이불을 기분 좋아하며 쓸어내렸다.

"비도 참, 지긋지긋하네. 어디선가 물난리가 났다는 뉴스가 나와야 비가 그치려나."

어머니가 혼잣말을 하며 혀를 찼다. 전혀 타인에 대한 동정심 없이 내뱉는 어머니의 말에 봄희는 은근히 화가 났다. 옷가지들을 빨래건조대에서 걷으며 그녀는 텔레비전으로 시선을 건넸다.

월세로 살던 반지하에 물이 들어 밤새 퍼냈어도 아무것도 건지지 못했다고 하는 뉴스와 자막. 망연자실하는 수재민들의 모습이 화면에 잡히는 순간, 봄희는 동작을 멈추고 숨을 죽였다. 보도 기자는 뒤에 비치는 수재 현장을 가리키며 고조된 음성으로 말했다.

"갑자기 쏟아진 물 폭탄에 아무것도 건지지 못한 이재민 속에는 딸의 동화책만을 갖고 나온 아버지도 있었습니다."
 화면이 기자의 뒤로 서서히 이동했다. 책을 끌어안고 있는 초췌한 남자의 모습. 바로 그였다.

 어느 날 인터넷서점에서 그의 동화책을 발견했다. 더 정확히 말하자면, 그녀가 검색창에 그의 이름을 쳐 찾아냈다.
 '설마, 동명이인이겠지.' '설마, 아닐 거야.'
 머리로는 부정하고 있었지만, 마우스에 올려있는 그녀의 손은 이미 그 동화책에 커서를 놓아 클릭하고 있었다. 책 정보 글을 통해 그임을 알게 된 순간 가슴이 쿵 내려앉았다. 머릿속은 텅 빈 듯했다. 그리곤 곧 가슴이 방망이질해댔고, 실타래가 머릿속을 온통 헝클어 버렸다.
 가슴이 들썩거리게 숨을 크게 들이마셨다 뱉어내길 반복하며 마음을 진정시켰다. 첫머리에 상상력이 풍부한 어린 딸을 위해 썼다고 했다. '잘살고 있었네.' 아이도 없는 그녀가 그의 동화책을 주문했다. 그리고는 반복해서 읽고 읽었다. 겨우 12년 전이었지만 책장에 꽂혀 있는 그 책은 마치 몇십 년은 된 듯 표지 모서리 부분이 낡아 있었다.

 그를 우연히라도 만날 법한데, 사는 동안 그녀에게는 그런 우연이 찾아와 주지 않았다. 그녀는 그와 헤어진 후에도 부모와 함께 살았다. 독립할 기회도 있었지만, 우려하는 목소리에 그냥 주저앉았다. 그가 그녀를 만나고자 마음만 먹었다면 충분히 우연을 가장한 만남이 이루어졌을 것이었지만, 짐작하건대, 그는 그런 시도조차 할 용기가 없었을 것이었다.

그와 헤어진 후 그녀는 자기 행동을 비난했다. 사랑한다면 상대의 마음을 헤아려야 하지 않는가? 그러나 그녀만을 바라보는 그에게 억지스럽게도 아버지와 같은 무한대의 헌신을 강요했다. 그러면서 그녀는 그에게 인색하게 굴었다. 너무 가난해서 자판기 커피 마실 돈도, 버스 탈 돈마저도 아끼며 사는 그가 구질구질하게 느껴졌다.

어느 날 그가 심각하게 고개를 떨구고 말했다.
"나, 군대 간다."
"벌써?"
"고모부가 울진으로 발령 났어."
"고모부 발령하고 군대 가는 거하고 무슨 상관?"
그녀는 말을 하다가 아차 싶었다. 그는 조실부모했다. 지방 신문사 기자였던 아버지는 새벽에 취재하러 가다가 뺑소니교통사고로 사망했고, 어머니를 묻자, 그냥 없다고 했다. 고모네가 그의 보호자였다.

 그가 군에 입대하고 한 번 면회 가고, 첫 휴가 때 만나고, 일주일이 멀다 하고 오는 편지에 답장은 두세 번 했나? 그렇게 그녀는 그와 헤어졌다. 그녀는 그에게 헤어지자는 말도 하지 않았다.

 봄희는 밤을 지새우며 이리저리 골몰했다. 만나자, 만나고 싶다, 만날까, 만나줄까, 만나면, 만나서, '만나다'에서 파생된 고만고만한 의미의 단어들이 무질서하게 머릿속을 헤집었다.

 어머니의 만류를 뿌리치고 봄희는 그를 다시 만났다. 방송국에 전화를 걸어 보도 기자를 만났다. 기자가 알려준 수해 현장을 찾아갔다. 넓은 강당에 설치된 텐트들을 기웃거리며 드디어 그를 찾았다. 그리고 살면서 고집이라고는 부려본 적 없는 그녀가 기어코 그를 설득해서 혼인신고서에 그와 이름을 나란히 올렸다.

*

 아버지는 딸들의 이름을 란희, 올희, 봄희, 은희라고 지었다.
 "너희 이름 첫 자를 합치면, 사랑이란다. L. O. V. E. 러어브으!"
 아버지는 어린 그녀들의 눈을 하나하나 맞추며 흐뭇한 미소를 머금었다. 간신히 한글을 익히고 있던 봄희로서는 이해할 수 없는 말이었다. 언니들은 노래 부르듯이 아이 러브 유를 외치며 아버지에게 안겼다. 막내인 은희도 어설프게 아으브 아어브를 외치며 까르르 웃었지만, 봄희는 고개를 갸웃거리며 골똘했다.

아들 귀한 집에 딸만 넷을 두었지만, 그녀의 아버지는 전혀 서운한 기색을 보이지 않았다. 첫째는 처음이라 사랑스러웠고, 둘째는 동그란 까만 눈동자에 보자마자 푹 빠졌고. 넷째는 난산으로 죽을 고비를 넘기며 태어났기에 마냥 귀하고 안쓰러웠다고 했다.

그녀는 셋째 딸로 태어났다. 어린 시절 집에 들르는 어른들은 봄희에게, "에고, 몬순이 고추만 달고 나왔어도."라는 말을 너무도 쉽게 던졌다. 남들이 뭐라고 하든 그녀의 아버지는 딸들을 고루 사랑했다. 그녀의 아버지는, "우리 봄희는 엄마, 아빠 말도 잘 듣고, 착해, 마음도 따뜻하고."라며 봄희의 머리를 쓰다듬어 주곤 했다.

돌림자 '희' 때문에 간혹 작은 해프닝이 생기기도 했다. 어른들은 이름을 정확하게 부르시 않고 그냥 '희야'라고 부를 때가 있었다. 그녀들은 그렇게 부르는 것을 싫어했다. 둘 이상 있을

대답 없는 이름 • 017

때는 이름을 정확하게 불러야 했다. 그럴 때의 희야들의 시선은 '너야, 너를 부르는 거야.'라고 말하는 듯이 봄희를 향했다.

창살에 새 옷 입히기 좋은 봄날이었다. 이른 아침부터 그녀의 부모는 매서운 겨울을 견딘 고달픈 격자무늬 창살에 붙은 색 바랜 창호지를 물을 적셔가며 뜯어냈다. 아직은 차가운 바람이 불었지만, 햇볕이 내리쬐는 곳은 따뜻했다.

그녀의 아버지와 어머니는 호흡을 맞춰 볕 좋은 마당을 골라 평상을 놓았다. 그 위에 새하얀 창호지를 펴고 묽게 쑨 풀을 조심스럽게 창호지에 발랐다.

"여보 조심조심!"

어머니도 아버지의 조심조심이라는 말소리만큼이나 조심스럽게 발을 옮겨 창호지를 창살에 올렸다. 햇볕이 새 옷을 갈아입은 창살을 따끈따끈하게 비췄다.

"희야!"

마루에 순서대로 앉아 발을 까딱이며 다리를 흔들고 있던 그녀들은 일제히 아버지를 바라봤다.

"아버지? 누구? 누굴 부르는 거야?"

눈이 동그란 올희가 새침하게 물었다.

아버지는 고만고만한 얼굴에, 깨물고 싶을 정도로 사랑스러워 죽겠다는 표정으로 어린 그녀들을 쳐다봤다. 아버지가 사랑이 넘치는 음색으로 '희야'라고 호명한 게 누군지 동작을 멈추고 시샘하듯 아버지를 바라봤다. 그녀들의 새초롬한 표정에 아버지는 호탕하게 웃었다. 그녀들은 습관처럼 봄희 쪽으로 고개를 돌렸다. 그녀의 어머니도 봄희를 바라봤다. 봄희도 엉덩이를 들썩였다.

"그래, 아빠 목마른데 우리 봄희가 물 좀 떠다 줄까?"

봄희는 기뻤다. 아빠가 자기를 불러줘서 신이 났다. 그녀는 봄봄봄 봄이 왔어요 노래를 부르며 높은 마루를 풀쩍 뛰어 부엌으로 내달렸다. 봄희는 아버지가 봄이라고 부르면 마음이 간지러웠다. 마치 노란 개나리가 마음속에서 앙증맞게 간질간질 살랑거리는 것 같았다.

*

5월이지만 때가 아니게 일찍부터 더위가 극성이었다.

아침 준비를 다 마쳐 가는 데도 어머니의 방에서는 아무런 기척이 없었다. '오늘따라 늦으시네?' 걱정하던 차였다. 현관문 열리는 소리가 거칠게 들렸다. 봄희는 얼른 현관으로 갔다.

"엄마, 이따가 나하고 같이 갔다 오면 될 텐데, 뭐야 힘들게요."

어머니는 그녀를 본체만체했다. 택시 기사는 장 본 물건들을 현관까지 가져다주었다. 그는 어머니가 회장으로 있는 절의 신도로 어머니를 회장님이라 부르며 일이 있을 때마다 수행 기사처럼 그녀의 뜻을 잘 받들었다. 여느 때 같았으면 봄희를 종 부리듯 앞장세워 갔을 것이었다.

 봄희는 어머니의 눈치를 살피며 주섬주섬 현관에 놓인 제수거리를 주방으로 옮겼다.

 "놔둬라, 손댈 거 없다. 궁그러가면서라도 나 혼자 할란다."

 다른 때는 연차도 잘만 내는 막내 은희는 어제 전화로 오후에 회사에 중요한 회의가 있어서 퇴근하고 제사만 참석하겠다고 당당하게 말했다. 둘째 올희는 점심때가 다 되어 문자를 보냈다. '요즘 들어 불면증이 심해. 고기는 내가 사놨어. 산적은 여기서 재어 갈게. 5시쯤 갈게. 괜찮지?' 봄희는 'ㅇㅇ'이라고 문자를 보내며, 혹시나 하며 첫째 란희에게 어떻게 할 거냐고 문자를 보냈으나 묵묵부답이었다.

 독실한 불교 신자인 어머니가 하늘같은 남편의 제사를 앞두고 심통이 난 이유는 란희 때문이었다.

 일주일 전, 아버지 제사에 올리라며, "사과, 배 미리 사 왔어. 수박하고 그리고 아버지가 참외 좋아해서 참외도 사 왔어." 한참을 뜸들이듯 망설이며 말했다.

"나 이제부터 제사에 참석 못해, 엄마."

남편을 위해 어쩔 수 없이 교회를 나가게 되었다고 란희는 선언했다. 그리고 학습도 받아 이제 세례교인이 되었으니 제삿날에 참석은 못 하지만 집에서 가족끼리 추도예배를 드리겠다고 어머니 눈치를 살피며 조심스럽게 말했다.

"어차피 송 서방이 회사 임원까지 하려면 오너한테 잘 보여야 하잖아."

란희는 어머니의 뜻을 따르고 싶지만, "목구멍이 포도청이잖아. 나도 어쩔 수 없는 거 엄마도 이해하죠?"라며 그 회사 오너가 세운 교회에 다닌다고 했다. 회사를 들먹이자 아무도 토를 달지 못했다.

"그럴 거면 다시는 내 집에 올 필요 없다. 장녀가 돼서 어떻게."

어머니의 심통을 고스란히 받아야 하는 봄희도 짜증이 났다. 그러나 어머니의 심사를 눈으로 보고는 나 몰라라 할 수는 없는 노릇이었다.

내가 살면 앞으로 몇 년이나 더 살겠냐. 제삿밥도 제대로 못 얻어먹을 저지가 될 줄 누가 알았을꼬. 나 죽걸랑 묘할 것도 없다. 내 돈으로 사십구재나 잘 지내줘라. 제삿밥도 못 얻어먹을 텐데 영혼이라도 좋은 데로 가야지. 아니다, 다 소용없다. 죽어서 좋은 데 가든 말든 신경 쓸 거 없다. 어머니는 제사 음식 만드는 내내 봄희 들으라는 듯이 넋두리했다.

　엄마도 참, 걱정 마세요. 사십구재도 근사하게 해드릴게요. 제가 죽을 때까지 제사상 차려드릴게요. 아무 걱정 마세요. 봄희는 어머니의 말에 일일이 원하는 답을 내놓았다.

*

　아무것도 할 수 없는 봄희는 그저 쏟아지는 장대비를 멍하니 바라보고 있을 수밖에 없었다.

　문자 메시지가 봄희의 핸드폰에서 연거푸 울렸다. 부고를 알리는 문자였다.

　한때 몸담았던 직장 동료들끼리 친목을 다지며 모인 단톡방에서 전 동료의 부친상을 알리는 문자였다. 또 다른 메시지 역시 부고를 알리는 문자였다. 얼굴도 생각나지 않는 교회 장로의 부고 알림장이었다. 오 년 전에 018 번호를 거의 강제다시피 010으로 교체했고, 그 교회는 삼 년 전보다 더 오래전에 보험 일할 때 잠시 다녔을 뿐이었다. 어떻게 바뀐 그녀의 번호를 알고 부고장을 보냈을까 의아스러웠다.

　묵묵히 모여 있는 사람들의 시선이 핸드폰의 알림음 때문에 작은 소음이 되어 번졌다.

"장마철에는 초상을 많이 당한다고 하던데…."

은희가 말끝을 흐리며 봄희의 핸드폰을 집어 들었다.

"안 꺼져 있네."

은희는 중얼거리며 오른쪽 측면에 있는 전원 버튼을 눌러 끄려다가 잠시 머뭇거리는 듯 핸드폰 화면을 바라봤다. 은희에게 들릴 리가 없겠지만, 조금만 조금만, 끄지 말아 줘! 하고 봄희는 공허하게 외쳤다.

핸드폰 화면에는 레게머리 가발을 쓰고 혀를 쭉 내민 코믹한 표정을 짓고 있는 여자아이를 사이에 두고 어색한 웃음을 짓는 노랑머리를 한 그와 토끼처럼 입을 오므리고 수줍게 웃는 빨강머리 봄희의 가족사진이 화면을 꽉 채우고 있었다.

봄희의 유일한 가족사진. 한 가족이 되었다는 기념으로 그의 딸이 쑥스러워하는 그와 그녀를 포토 부스로 끌다시피 들어가 찍었던 즉석 사진이었다.

"아빠 표정 왜 이래? 개 짱 웃겨!"

그의 딸은 여러 장 중에 한 장을 골라 그녀에게 주며, 자기가 제일 예쁘게 나온 거라고 말했다. 엄마와 함께 산다는 그의 딸은 그를 전혀 닮지 않았다. 외모뿐 아니라, 성격조차도 닮은 곳을 찾기가 어려웠다.

봄희의 외침이 당연히 은희에게 들릴 리 만무했다. 은희는 옅은 숨을 토하며 전원 버튼을 눌렀다. 화면에 Band LTE라는 로고와 함께 시스템 알림음이 울렸다. 겨우 핸드폰을 껐을 뿐인데, 마치 아무런 생명체도 존재하지 않은 듯 사위가 고요해졌다.

그의 시선이 봄희의 핸드폰으로 향했다가 전원이 꺼지는 순간 무엇인가 체념한 듯 고개를 떨구며 눈빛이 흐려졌다. 봄희는 그와 눈을 맞추려 했지만, 그는 봄희와 눈을 맞추는 대신 고개를 더 깊이 수그렸다. 동그랗게 말려진 그의 등 때문에 마음이 저렸다.

란희가 갑자기 소리 없이 웃었다.

"생각나니? 우리 현이 어릴 때, 피아노 경연대회에서 있었던 일 말이야."

그녀의 말에 모두 표정이 환해지며 서로서로 한마디씩 그날의 일에 대해 이어쓰기 하듯 말을 보탰다. 그의 귓바퀴 날이 쫑긋 세워지는 것이 느껴졌다. 봄희에 관한 얘기는, 구석에서 다리를 세우고 웅크리고 앉아있던 그에게 그녀를 떠올리게 하는 일이었을 것이었다.

올희가 말했다.

"봄희가 갑자기 일어나서 무대 위로 올라가길래 난, 왜 그런가 했어."

은희가 다음을 이었다.

"언니는 말싸움도 잘못하면서, 늘 먼저 나섰잖아."

그때는, 대회 시작 전에 잠시 연습하는 시간이 주어졌었다. 순서에 따라 조카 현이 연습할 차례였다. 너무 긴장한 탓인지 현이가 머뭇거렸다. 어떤 여자가 현에게 무어라 말하자, 현이 고개를 숙이며 피아노에서 물러났다. 그리고 작은 여자아이가 피아노 앞에 앉았다. 봄희는 바로 자리에서 일어나 현에게 뛰다시피 다가갔다. 여자는 현에게 치지 않을 거면 그만 일어나라고 했다는 것이었다. 봄희는 현이를 달랜 후, 여자에게 따라 나오라고 쏘아붙였다.

바로 뒤따라 나오는 여자의 하이힐 소리와 씩씩대는 숨소리가 들렸다. 여자는 키가 작은 봄희를 우습게 본 모양이었다. 뒤이어 올희가 "당신 뭐야", 하며 나오고, 바로 뒤에 키가 큰 은희와 얼굴이 뻘게져 마치 코뿔소 같은 란희가 팔까지 걷어붙이며 오는 것을 보자, 여자는 아차 싶었는지 자기가 책임지고 다음 순서로 연습할 수 있게 하겠다고 바로 사과했다.

"우리 현이 그때 봄희 이모 덕분에 상 탔다고 지금도 얘기해."

란희가 봄희의 얼굴을 보며 말했다. 그리고 모두 그녀의 얼굴을 바라봤다. 그 역시도. 사흘 내내 그녀의 얼굴 한번 바라봐 주지 않던 그가 처음으로 고개 들어 그녀를 바라본 것이었다. 아니, 그녀의 사진을. 사진 속에서 그녀는 그를 보며 콧날에 주름을 잡고 웃어 주었다.

비가 조금 잦아들면 출발하자고 누군가가 말하자, 그의 고개는 다시 떨구어졌다. 그리고 바닥에 그의 눈물이 뚝 떨어졌다.

*

언제였더라. 호상이라는 장례식장에 봄희는 혼자 갔었다. 결혼식장은 축의금만 내고 와도 되기 때문에 종종 혼자 갈 때도 많았지만, 장례식장은 왠지 혼자 가기가 망설여졌다. 두서너 군데 카톡을 보냈지만 여의찮아 혼자 갔다.

상주가 많아서 그런지 요즘 보기 드물게 붐볐다. 한 곳에서 만든 것처럼 비슷비슷한 근조화환이 계단 입구까지 즐비하게 늘어서 있었다. 기독교식 장례라 향불을 피우지 않았다. 향내가 없어서인지 고인의 죽음을 기리는 느낌이 나지 않았다. 죽음을 기리는 의미로 국화로 장식한다는 얘기를 언뜻 들었다. 국화 향이라도 코끝을 스쳤으면 싶었지만, 비릿한 냄새만 코언저리를 맴돌았다.

근조화환 못지않게 비슷하게 생긴 상주 다섯 명이 조문객을 맞이했다. 힘든 걸음 해주어 고맙다는 말을 머리가 가장 하얗게 센 비슷한 얼굴이 겸손하게 말했다. 봄희는 다섯 명의 상주에게 머리를 다섯 번을 조아린 후 마지막 상주의 안내에 따라 구석진 테이블에 앉았다. 테이블 여기저기서 웃음소리가 들렸다. 호상이라고 해도 웃음소리까지는 너무하다는 생각이 들었었다.

"상의해 보세요."

장례지도사가 돌아가자 모두의 시선이 그에게 쏠렸다. 그의 입가에 근육이 미세하게 씰룩였지만 그뿐이었다. 답답함을 견디지 못하고 은희의 남편이 불쑥 말을 꺼내놓았다.

"올 사람도 별로 없는데, 뭐 2일장으로 하죠."

순간 모두의 시선이 서로 교차했다. 자기 말이 야박하게 느껴졌는지 이어, 그에게 변명하듯 덧붙였다.

"처형은 격식 따지는 것 별로 좋아하지 않았잖아요. 그래서 결혼식도 안 올린 채 살았고…, 안 그런가요?"

은희가 그의 남편을 향해 눈을 흘겼지만, 모두 내심 원하던 바였기에 2일장이 좋겠다고 한마디씩 보탰다. 봄희는 고개를 떨구고 있는 그의 표정을 읽을 수 없었다. 그녀는 제발 그를 조금이라도 배려해 달라고 모두에게 애원했지만, 소리 없는 메아리가 되어 공간을 떠돌았다.

"엄마는? 어떡해? 모시고 와야지?"

은희의 말에 란희가 "나중에"라며 코끝이 빨개서 울먹였다. 그리고 모두는 아무 말 없이 눈을 내리깔았다.

*

6월의 어느 날이었다. 처음으로 그와 영화를 보러 갔다. 어떤 영화를 봐야지 정해 놓고 간 것은 아니었다. 올희가 오전 열 시 반쯤 와서는, "할 게 없으면 영화라도 한 편 보고 들어와."라고 했다.

"말은 고마운데…."

봄희는 망설였다.

"그래도 신혼인데. 오늘 하루 엄마 옆에 내가 있을 테니 데이트하고 들어오라고."

올희는 젊어서부터 불면증으로 오후가 되어서야 몸을 움직여 하루를 시작하는 습관이 있었다. 그런 그녀가 봄희를 위해 오전 아홉 시에 알람을 맞춰놓고 일어나 준비하고 와준 것이 고마웠다.

봄희는 대충 얼굴에 찍어 바르고 집을 나섰다. 올희가 자기

차를 타고 가라며 자동차 키를 건네주었지만 사양하고, 그의 자전거 뒤에 올라앉았다. 그 자전거는 봄희가 그의 생일에 사준 거였다. 전동 자전거를 사주고 싶었는데, 그는 운동도 할 겸이라며 MTB 자전거를 골랐다.

정 할 게 없으면 영화라도 보라는 것이었는데, 봄희는 영화를 볼 수 있는 오랜만의 즐거움마저 과분했다. 그가 페달을 밟을 때마다 자전거의 축이 조금씩 흔들렸다. 오른쪽 페달을 밟으면 오른쪽으로 왼쪽 페달을 밟으면 왼 방향으로 뒤뚱거렸다. 그녀는 긴장되어 그의 허리를 꽉 잡으며 그의 등 가까이 몸을 밀착했다. 그의 등에서 시큼한 냄새가 났다. 그 냄새에 얹어 가슴이 뭉클하게 메어왔다.

영화프로마다 상영시간이 조금씩 달랐다.

"보고 싶은 거 있어?"

그에게 물었다.

"아무거나."

그녀는 아무거나, 아무거나를 중얼거리며 영화 포스터를 둘러보았다. 초라한 듯 소박한 옷차림의 네 사람이 나란히 서서 찍은 포스터였다. 어색한 듯 별로 행복해 보이지 않는 네 사람의 머리 위로 행복 목욕탕이라는 간판이 걸려 있었다. 상영시간을 기다리며 로비로 가 앉았다.

"팝콘 사 올까?"

그가 물었다.

"아니, 콜라만."

줄에 서 있는 그의 차림새가 포스터의 남자배우와 닮아 보였다. 겉에 걸친 충충한 남방 밑으로 흰색 티가 삐져나와 있었다. 그녀의 옷매무새 역시 그와 크게 다를 바 없었다. 그녀는 자기도 모르게 카디건 앞섶을 여몄다. 그에게 옷이라도 갈아입혀서 나올 걸 하는 아쉬움이 잠시 스쳤다.

영화가 시작되고 얼마나 지났을까. 그의 머리가 앞으로 떨어져 까딱까딱 흔들거렸다. 몹시 피곤했던 모양이었다. 봄희는 잠시 망설였다. 머리를 일으켜 등받이에 기대줄까? 그녀의 어깨에 기대줄까? 여러 생각에 혼란스러웠지만, 그의 머리를 방치한 채 스크린으로 시선을 돌렸다.

그러나 영화에 집중하려고 애쓸수록 흔들리는 그의 머리가 자꾸만 신경이 쓰여 화면에 집중할 수 없었다. 그녀는 그의 머리를 좌석 등받이에 똑바르게 기대주었다. 그러나 잠시 후 그의 머리는 다시 서서히 기울며 그녀의 어깨로 떨어졌다. 임시로 하는 밤샘 택배 분류작업 일하고 새벽에 들어와 철새 잠자듯 베개에 머리만 붙였던 그였다. 머리에서도 시큼한 냄새가 났다. 그녀는 슬그머니 그의 머리를 반대 방향으로 밀어버렸다. 그의 머리는 통로 쪽으로 기울어 영화가 끝날 때까지 흔들거렸다.

영화가 끝나고 관객들의 소란스러움에 그가 잠에서 깨어났다. 그는 목을 묵직하게 좌우로 어깨에 닿도록 움직였다. 그녀는 그의 목에서 우두둑 뼈 갈리는 소리가 났을 거라는 생각이 들었다. 그는 겸연쩍게 웃으며 그녀에게 재밌었냐고 묻더니, 깜빡 잠들었었네, 하며 혼잣말처럼 입을 열었다.

그녀는 앞도 뒤도 없이 영화에 관해 물어보는 그에게 "남자 주인공이 자기하고 닮았어."라고 불쑥 말했다.

"그래? 내가? 어디가?"

기분 상해할 줄 알았는데, 그는 의외의 반응을 보였다. 입이 함지박만 하게 벌어졌다. 그는 기분 좋을 때 입을 크게 벌려 하품하듯이 길게 날숨소리를 냈다. 그게 최고의 기쁨을 표현하는 그만의 버릇이었다.

자전거 페달을 밟는 그의 등 근육이 올 때와 다르게 단단하게 느껴졌다. 밀면 먹고 가자는 그의 제안에 고개를 끄덕여 동의를 표했다. 대흥동에 부산밀면 맛있게 하는 곳이 있다며 그는 힘차게 페달을 밟았다. 그녀의 몸은 올 때와 다르게 흔들리지 않았다.

"영화 얘기 좀 해줘 봐."

"자기도 같이 봤잖아."

그녀는 별로 얘기하고 싶지 않았다. 여주인공이 어떻게 살았고, 암이라는 사형선고를 받고 얼마나 담담하게 주변을 정리했으며, 장례를 어떻게 치러달라고 했는지의 영화 줄거리를 그에게 이야기해 주는 것 자체가 구질구질하다는 생각이 들었기 때문이었다.

"그게 될까?"

그녀는 자기도 모르게 머릿속의 의문이, 옅은 혼잣말이 되어 입 밖으로 튀어나왔다.

"응? 뭐가? 뭐가 돼?"

그녀는 아무것도 아니라고 말하며 생각의 잔상을 지우듯 머리를 흔들었다. 그리고 그의 등에 얼굴을 묻었다. 그가 간지러운지 등줄기를 순간적으로 움찔 오므렸다. 생각이 꼬리를 물듯 소리로 변했으며, 급기야 의도와는 상관없이 머릿속 영화의 장면들이 형상을 만들어 냈다.

환청인 듯 웃음소리에 그녀는 그의 등에 묻었던 얼굴을 옆으로 살짝 돌렸다. 영화 속 장면이 파노라마가 되어 눈앞에 펼쳐졌다. 고만고만한 집들이 오밀조밀 모여 있는 한적한 작은 마을이 눈에 들어왔다. 그리고 파란 하늘을 가르고 하얗게 우뚝 솟아 있는 굴뚝이 보이고, 그 굴뚝에서 붉은 연기가 뭉게뭉게 피어올랐다. 타닥타닥 소리를 내며 타오르는 불꽃, 죽은 사람의 영혼을 더 나은 곳으로 인도하여 거듭나도록 기원하는 의식인가? 가족들은 목욕탕에서 따뜻한 물에 몸을 담그며 감탄사를 연발했고, 장면과 소리가 오버랩하듯 경쾌한 음악이 그들의 소리를 덮었다.

그녀는 도리도리 고개를 흔들었다. 그래도 여전히 욕조에서 따뜻한 김이 피어오르고 찰방찰방 물소리와 함께 흥겨운 웃음소리가 귓가를 맴돌았다.

고갯길을 애써 올라가던 그가 자전거에서 내렸다. 따라 내리려는 그녀의 팔을 그가 막았다.

"내리지 마. 그냥 앉아 있어."

고갯길을 오르기 위해 엉덩이를 들고 힘주어 페달을 밟는 그의 모습이 그녀였다. 란희나 올희, 은희가 사는 동네에 비해 그가 오가는 동네는 고갯길이 많았다. 그래서 집에 돌아온 그의 등짝은 늘 젖어 있었다.

*

"아니, 여덟 시도 안 됐는데 벌써 돌아온 거야? 둘이 할 게 그렇게도 없었니? 시간을 줘도 못 쓴다니까. 너희 내외가 수변머리 없기는 천생연분이다."

올희는 한심하다는 표정으로 일찍 들어온 것을 나무랐다. 그리고 주섬주섬 가방을 꾸리며 집에 갈 준비를 하고 나가려다 말고 봄희를 현관 앞으로 불러냈다. 분명히 어머니 흉을 보고 싶어서일 것이었다. 아니나 다를까, 올희는 얼굴의 근육을 폈다 오므리며 신랄하게 어머니에 대한 타박을 늘어놓았다.

"다른 노친네들은 자식들이 하는 대로 군소리가 없다던데, 울 엄마는 정말 별스러워. 웬 잔소리가 그렇게 많고 궁금한 건 그렇게 많은지 귀찮아 죽을 뻔했어. 오늘만은 너 편하게 해주려고 했는데 미안해."

"엄마 비위 좀 잘 맞춰 주지 그랬어. 그냥 엄마 말씀이 옳아요, 그러면 될 일을."

"그러게, 말이야. 좀만 더 참았어야 했는데, 이 승질머리 때문에 공든 탑 다 무너진다. 또 너만 힘들게 하고 가는 건 아닌지 몰라."

어머니 식사는 잘하셨는지 물을 틈도 없이 현관문 닫히는 소리가 들렸다. 아마도 어머니는 올희에게 그녀의 답답한 심정을 하소연하듯 풀어내고 싶었으리라. 그러나 올희가 받아주지 않아 스트레스가 쌓였겠지. 충분히 두 사람의 상황을 짐작할 만했다. 역시나 어머니의 불똥은 그와 봄희에게 튀었다.

"난 늙어서 그렇다 치고, 자네는 언제까지 빈둥댈 건가?"

들뜬 기분으로 들어서는 그에게 면박을 주듯 어머니는 혀를 끌끌 찼다. 그가 뒤통수를 긁적이며 어머니가 원하는 답을 찾기 위해 머뭇거렸다.

"아, 그게요."

끙끙대는 그의 모습이 안쓰러웠다. 그렇다고 어머니의 성질에 맞설 자신도 없어서 봄희는 슬그머니 자리를 피해 버렸다. 그런데, 그게 어머니의 화를 더 돋우었다.

"아무리 사내가 좋아도 그렇지, 저 인사는 언제까지 저러고 살겠다냐? 네 등골 빼먹는 것도 낯짝이 있지. 나 같으면, 체면 따지지 않고 어떤 회사든 들어가겠다. 그 알량한 박사학위가 밥 먹여 준다더냐? 요즘은 발에 치이는 게 박사라더라."

그는 방으로 들어가던 발걸음을 돌려 현관으로 되돌아갔다. 봄희가 따라 나가려 하자, 그는 조용히 그녀를 밀더니 현관문을 닫았다.

"아이고! 내 말이 듣기 싫다고 나가네. 그래, 나가는 김에 아예 나가버렸으면 더 좋겠구먼."

어머니는 더 독한 말을 속사포로 쏟아냈다.

"아니, 네가 뭐가 못나서 혹 딸린 저런 놈과 붙어 사냐? 내가 전생에 죄기 많지, 죄가 많아. 한 년은 예수쟁이가 돼서 부모 제사도 안 지낸다고 하지, 미련 맞은 년은 이러고 살지, 지들이

대답 없는 이름 • 035

잘났다고 어미 말은 무시하지. 그래 내가 죄가 많다, 죄가 많으니까 죽지 못해서 이런 꼴들이나 보고 살지."

"엄마! 제발요."

어머니의 화는 수그러들지 않고 더 극성스럽게 그녀의 심장을 향해 독설을 쏘아댔다.

그녀는 꼼짝하지 않고 어머니의 말들을 고스란히 가슴으로 받았다. 가슴이 풍선이라면 아마 부풀어 오르다 터져버렸을 텐데, 그녀의 가슴은 터지지 않고 꾸역꾸역 어머니의 말들을 담아내고 있었다. 담으면서 하나하나 검고, 붉고, 굵고, 뾰족한 말들을 하얗게, 파랗게, 가늘게, 둥글게 희석하고 정제하고 연마하듯이, 숨 한 번에 조금, 숨 두 번에 약간, 숨 세 번에 다소 가슴에 담긴 것들을 녹여냈다.

'나 때문에 어머니께 또 한 소리 들었을 텐데, 어머니가 당신 걱정해서 하는 소리니까 너무 속상해하지 마. 친구와 약속이 있어. 한잔하고 들어갈 테니까 걱정하지 말고 먼저 자.'

그가 위로의 문자를 보냈다. 그리고 보니 출판사 개업 준비한다는 친구 얘기를 들은 듯싶었다. 그의 쓸쓸한 문자가 못내 마음에서 지워지지 않았다.

그 밤 그가 잠든 모습은 마냥 측은했다. 그의 얼굴에 그녀는 얼굴을 비볐다. 까칠한 수염이 따끔해서 웃음이 새어 나왔다.

그녀는 그의 목 깊숙이 얼굴을 묻었다. 탄력 없이 거칠어진 목주름이 그녀를 슬프게 했다.

문득, 먼 훗날 그녀의 장례식도 가족이 모두 모여 웃음소리 잔잔히 퍼졌으면 좋겠다는 상상을 하며 그가 깨어날까 봐 조심조심 컴퓨터를 켰다. 온 가족이 한자리에 모여 즐겁게 보내길 바란다는 유언과 같은 편지를 그녀는 자기에게 쓰는 이메일 편지함에 남겼다.

비록 짧은 내용 중에 절반은 그녀가 좋아하는 '귀천'이라는 시를 써넣었지만, 끝으로 다시 만날 때까지 안녕이라고 끝말을 맺었다. 하고 싶은 말들은 다 들어간 것 같은 마음에 흡족했다. 낮에 본 영화처럼 한 여자의 사랑이 모두를 행복으로 엮어 주듯, 그녀가 사랑하는 모든 사람이 순후한 마음으로 서로 아껴 주며 살아갔으면 좋겠다는 간절한 염원을 담았다.

*

그는 기억하고 있을까? 그녀의 계정이 해킹당했을 때, 당황해서 어쩔 줄 모르고 쩔쩔매는 그녀를 위해 그가 새로 계정을 만들고 비번을 설정해 주었던 그 일을.

"비번을 뭐로 할까? 또다시 이런 일이 없도록 어렵게 만들어야지?"

"아니야, 난 기억력이 딸려서 돌아서면 잊을 거야."

잊으면 비번 찾기 하면 되지 뭐가 걱정이냐며 그가 웃었다. 그녀는 입술을 잘근거리며 골똘히 생각했다.

"절대 잊지 않을 비번, 우와, 찾았어."

손뼉을 치며 신나게 말했다. 그와 그녀의 이름 첫 자음과 결혼기념일, 마지막 두 숫자는 특수문자로 표기해 달라고 했다.

"개인정보를 함부로 노출하면 어떡해, 나 알고 보면 무서운 사람이야."

그가 농담을 건네며, 흘러내린 그녀의 앞 머리카락을 귀 뒤로 쓸어 넘겼다. 그리고 그녀의 귓불에 부드럽게 입을 맞췄다. 그녀는 해킹으로 혹시나 하는 불안했던 마음이 스르륵 녹아내렸다.

무슨 소용 있으랴만, 그 이메일 편지함에 지금이라도 추가할 수만 있다면….

그 사고는 절대로 그 누구의 잘못이 아니야! 미리 정해진 운명 아닐까. 당신을 만날 급한 마음에 내리막 커브 길에서 무단횡단한 내 잘못이 더 크겠지. 일단정지 하지 않았다는 이유로 애꿎게 운전자만 곤혹 치를 생각을 하니 한없이 미안하네. 주검이 되어버린 나로 인해 정신적 트라우마를 얻게 될 택배 운전기사에게 무한히 사죄하고 싶어. 그리고 자책하며 인생을 포기할지도 모를 당신을 누군가가 따뜻이 위로해 주길 간절히 바래.

*

그날은, 친구가 대표인 출판사로 그가 출근한 첫날이었다.

어머니는 그날 아침 밥상머리에서 먼저 일어나겠다고 말하는 그에게 눈길도 주지 않았다. 출근하는 그의 뒤를 따라나서는 그녀에게 '신경 쓰지 마, 괜찮아.' 하는 듯한 선한 시선을 건넸다.

그가 못마땅한 어머니였다. 그녀는 툭하면 벨도 없는 변변찮은 위인이라는 둥, 사랑이 밥 먹여주냐는 둥 그와 봄희를 비난했다. 그러나 그의 첫 출근일이라서 그런지 말을 참고 있는 눈치였다. 봄희는 앞으로 흘러내린 푸석푸석한 머리를 정수리 위로 쓸어 넘겼다.

그녀는 그와 버스 정류장에서 만나 첫 출근을 조용하게 축하해주고 싶었다. 그래서 낮에 그에게 퇴근 시간에 맞춰서 기다리겠다고 문자를 보냈다. 그의 답신이 왔다.

'알았어. 그럼 서두르지 말고 천천히 와, 내려서 기다릴게.'

봄희는 먼저 가서 버스에서 내리는 그를 맞이하여 기쁘게 해 주고 싶었다. 그녀가 사준 가방을 들고, 하루 일을 마치고 지친 몸을 끌며 버스에서 내릴 그에게, "오늘 힘들었지?" 하며 위로의 말을 건네야지. 그의 가는 팔을 감싸 안고 함께 언덕길을 오르고 싶었다. 그녀에게 어울리지 않는 애교를 부리면 그는 어떤 표정을 지을까? 좋아할까, 어색해 할까를 상상하며.

그래서 그와 함께하는 저녁 시간을 위해 어머니의 저녁을 누군가에게 부탁해야 했다. 일이 있을 때 전화하라고 한 올희의 말이 생각났다. 벨 소리가 초조하게 한참을 울렸다. 끊으려던 차에 올희의 목소리가 수화기 너머로 힘없이 들렸다.

"오늘은 안 되겠어. 큰언니에게 부탁해 봐."

란희에게 전화했다.

"하필이면 오늘? 너도 알다시피 오늘은 우리 집에서 구역 예배가 있는 날이야. 은희한테 전화해 봐. 아차! 내 정신 좀 봐, 은희도 부부 동반 골프 모임이 있다고 하더라. 미안해서 어떡하지?"

괜찮다고 도리어 그녀가 미안하다고 말하며 전화를 끊었다. 은희에게는 전화하지 않았다.

"꼴랑 그까짓 코딱지만 한 출판사에 다니는 주제에 무슨 큰 벼슬이라도 했다냐?"

어머니는 어김없이 또 빈정거렸다. 늙은이야 먹든 말든 신경 쓰지 말고 나갔다 오라는 어머니의 말에, 그녀는 죄인인 양 안절부절못하며 저녁상을 차려주고 바삐 길을 나섰다. 그러나 너무 서두르는 바람에 식탁 위에 올려놓은 핸드폰을 들고 나오지 않았다는 것을 나중에야 알았다. 게다가 지갑 속에는 신분증도 없이 현금만 들어있을 뿐이었다.

아아, 일이 꼬이고 꼬였던 원인은 무엇이었을까. 그녀는 무연고자가 되어 시체안치소에서 이틀을 보내야 했다.

교통사고 처리부서로부터 연락받고 그가 그녀를 확인하기 위해 경찰서로 오기까지, 얼마나 안타깝게 그녀를 찾아 헤맸을지 그의 몰골은 말해주고 있었다. 그녀의 주검을 본 그는 그녀보다 더 하얗고 창백했으며, 한겨울 문풍지 떨 듯 온몸을 떨었다. 그래도 그녀는 그를 만나 너무도 안도했다. 비록 그가 그녀의 목소리를 들을 수 없을지라도, 그에게 꼭 하고 싶었던 말이 있었다. 그 말을 위해 그녀는 그를 애타게 기다렸는지도 몰랐다.

"사랑해, 날 사랑해주는 당신보다 더 당신을 사랑해."

*

　아버지의 무덤가에서 바라보이는 곳은 개망초 천지였다. 하얀 꽃들은 누가 심어놓기라도 한 듯 빼곡하게 피어 산들바람에도 파르르 흔들며 속살거렸다. 그녀는 하얀 개망초 꽃송이들을 느낌으로 쓰다듬었다. 안녕, 안녕, 이제는 안녕이라고. 망초 꽃망울들이 여기저기서 사사삭대며 흔들렸다. 그녀는 앙증맞은 하얀 망초꽃들의 영혼에 홀린 듯 스쳤다.
　어머니와 함께 온 스님의 법문 소리가 명징하게 모두를 감싸 안아주는 듯 공명했다. 가만가만 두드리는 목탁 소리는 흐느낌으로 들썩이는 그의 어깨를 토닥토닥 다독였다.

　영가님이 깨달으면, 생과 사를 넘었거늘, 그 무엇을 슬퍼하랴, 뜬구름이 모였다가 흩어짐이 인연이듯, … 지옥세계 무너지고 맺은 원결 풀어지며, 아미타불 극락세계 상품상생 하옵소서.

　동동동 목탁 소리가 하늘로 올라가듯 조용히 울려 퍼졌다. 사랑하는 이들은 법문과 목탁 소리를 따라 그녀보다 더 멀고 높은 곳을 바라보는 것 같았다. 그들의 시선은 더 멀어졌고 그녀는 그들의 시선을 좇아 높이높이 올라갔다. 드디어 그들의 시선이 머물고 있을 만한 곳에서 그녀는 그들을 향해 손을 흔들었다. 비 온 뒤의 강물은 온통 흙빛이었다. 그러나 곧 맑아질 걸 알기에 봄희의 눈에는 금강물이 변함없이 맑고 깨끗하게 흐르고 있었다.

어느 가장의 밤

뜨거운 탕 물속에 얼굴을 파묻으면 아무도 자신의 눈물을 보지 못하리라

어느 가장의 밤

"김 과장님, 이거 결재 좀 부탁드립니다."

점심시간이 막 끝나갈 무렵, 시끌벅적했던 사무실은 다시 누긋하고 끈끈한 공기로 채워지고 있었다. 천수는 쌓여가는 서류를 정리하며 컴퓨터 모니터에 얼굴을 파묻었다. 밀린 업무에 점심시간의 노곤함까지 더해져 눈꺼풀이 천근만근이었다. 책상 위, 커피 잔 옆에 놓인 휴대폰이 무심한 소리를 내며 진동했다. 병원 대표번호가 화면에 떴다. 얼마 전 건강검진을 받았기에 결과 확인 전화겠지, 대수롭지 않게 생각하며 손을 뻗어 전화를 받았다. 건강검진이야 늘 '정상' 통보만 받아왔으니 이번에도 별일 있겠나 싶었다.

"김천수 씨 되시나요? 검진 결과에 이상 소견이 있어서요."

사무적인 목소리가 수화기 너머에서 들려왔다. 그는 펜을 들고 서류에 서명하려다 잠시 멈칫했다. 이상 소견? 어디 아픈 데도 없는데 무슨? 그는 고개를 갸우뚱했다. 별일이야 있겠나. 검진 후 X-ray를 다시 찍자거나, 혈당 수치가 높게 나왔으니 재검이 필요하다는 등의 전화를 간혹 받기도 했었다. 참, 그랬지. 검진 전날 밤늦도록 술을 마셨다는 생각이 퍼뜩 들었다. 좋은 게 좋다고 정확한 검진을 위한 행정 절차상의 일부거니 생각했다. 그런데 빠른 시일에 내원해서 의사 선생님과 상담하라는 말에 순간 뒷덜미가 쭈뼛 섰다.

상담? 이상하게 등골이 서늘해졌다. 마우스를 쥐고 있던 손이 딱 굳었다. 치아 건강을 위해 씹고 있던 자일리톨껌이 그대로 목에 걸리는 것 같았다. '의사 상담'이라니. 재검하라는 거와는 어감이 확연히 달랐다. 늘 건강하다 자부하며 병원 문턱에도 잘 가지 않던 자신이 '상담'이라는 단어에 이렇게 반응할 줄이야. 심장이 쿵 하고 내려앉는 기분이었다. 칸막이 너머로 들려오는 동료들의 재잘거림, 키보드 소음조차 갑자기 불길하게 다가왔다.

"… 네? 상담이요?"

그는 자신도 모르게 되물었다. 목소리가 미세하게 떨렸다. 그 순간, 분주하던 사무실은 차가운 공기로 가득 찬 것 같았고, 창문으로 들어오던 햇살은 한없이 창백해 보였다. 컴퓨터 모니터의 불빛조차 눈에 들어오지 않았다. 머릿속에는 온갖 걱정이 스멀스멀 피어오르기 시작했다. 대체 무슨 일이기에 이렇게 직접 오라는 걸까. 그저 '이상 소견'이라는 단어 뒤에 뒤통수칠 억울한 현실이라도 도사리고 있을 것 같은 불안감에 목이 움츠러들었다. 그리고 그날의 기억이 뇌리를 스치며 떠오르자 심장이 방망이질하며 불안과 두려움이 일시에 몰려들었다.

  건강검진 전날 친구의 장례식에서 술을 많이 마셨다. 다음 날을 위해서 8시 이후에 금식해야 했는데 그러질 못했다. 어쩔 수 없었다. 그의 회사는 근무환경의 효율성을 강조하며 부서별로 검진일을 한날로 정했다. 그래서 검진 전날은 퇴근도 한 시간 일찍 시켰다.
  집에 가는 길에 사우나에 들러 뜨거운 물에 몸을 담그고 기분 좋게 몸을 풀었다. 시원하게 머리칼을 스치는 바람 때문이었을까, 괜히 뿌듯한 행복감에 젖어 콧노래까지 흥얼대며 집으로 향했다. 마침 초등학교 동창인 병주로부터 전화가 왔다. 오랜만의 전화라 반갑기는 했지만 다음날을 위해서 만나자고 하면 어쩌나, 뭐라고 거절해야 하지 하는 마음에 미리 미안함을 품고 통화버튼을 눌렀다.
  "천수야, 톡방에 뜬 부고 봤냐?"

가벼운 안부 따위는 건너뛰고 직구로 들어온 말에 잠시 어리둥절했다.

"무슨 부고?"

"규석이가 죽었다."

너무 조심스러운 병주의 말소리는 현실감 없이 주변의 소음으로 묻혀버렸다. 농담을 잘하는 녀석이었기에 천수는 무슨 그런 몹쓸 장난을 치냐고 화를 냈다. 평소의 병주답지 않게 진짜라고 진지하게 말하며 자기도 믿기지 않는다고 했다.

"몇몇 동창들한테 사인을 물었는데, 잘 모르더라. 서둘러 와라, 나 먼저 가 있을게."

통화를 마쳤으나 천수는 핸드폰을 귀에 댄 채 그대로 멈춰서 움직일 줄 몰랐다. 전동킥보드가 빠르게 그를 스치고 지나가는 바람에 정신을 차렸다.

검은 정장으로 갈아입고 집을 나섰다. 아내에게는 규석의 부고를 알리지 않았다. 아내도 규석을 알고 있는 터라 차마 입이 떨어지지 않았다. 그조차도 믿기지 않은 현실이기에 그냥 장례식장에 다녀오겠다고만 말했다.

"호영 아빠, 내일 건강검진이라며 그냥 물만 마시다가 와. 알았지? 절대 술 마시면 안 돼!"

현관을 나서는 그의 등에 대고 늘 그렇듯 잔소리했다. 장례식장 주차장은 차들로 만원이었다. 대충 일자 주차한 후 사이드브레이크를 풀고 내렸다. 입구 쪽으로 걸어가자 병주가 담배를 끄며 손짓했다. 코밑이 거뭇거뭇한 아들 또래의 어린 상주와 오래전에 봤던 고인의 아내에게 맞절하곤 어정쩡한 위로의 말을 건넨 후에 동창들이 몰려 앉은 구석 자리에 병주와 마주 보고 앉았다.

그는 책상다리에 두 주먹을 쑤셔 넣고 고개를 떨군 채 규석을 생각했다. 누군가 한 잔 하라고 종이컵을 불쑥 코앞에 들이밀었다. 친구의 죽음 앞에서 내일의 건강검진에 대해 생각하고 싶지 않았다. 천수는 잔을 받았다. 빈속에 술을 부었다. 호박전이라도 씹으면 좋았을 텐데 입맛이 쓰고 껄끄러워 목구멍에서 넘기기를 거부했다. 그러나 술은 목구멍으로 술술 넘어갔다. 술맛이 단지 쓴지 아무 감각 없이 그냥 넘겼다. 옆에서는 동창들이 주고받는 소리가 들려왔다.

폐암이었대. 진단받고 겨우 다섯 달 정도 살았나. 보험은 들었는데, 사업이 힘들어서 다 해약하고 생명보험만 남겨 놨었다잖아. 그나마 다행이네. 증상이 어땠었대? 팔이 아팠었다고 하더군. 한쪽 팔이 완전히 반쪽 됐었다지. 한의원하고 정형외과만 찾아다녔다지. 어떻게 하다가? 스트레스지. 암은 다 스트레스에서 오는 거야….

그들은 건강에 대한 화제로 넘어가서는 고지혈이니 고혈압이니 하다가 누군가 당뇨약을 먹기 시작했다고 넋두리했다. 그러곤 서로들 사십이 훌쩍 넘으니까 여기저기 고장이 나는 것 같다는 둥, 고인의 안타까운 삶을 애통해하기도 하고, 자신들의 하소연을 늘어놓기도 하며 밤늦도록 장례식장을 지켰다. 마지막 결론은 살자고 하는 일인데 너무 스트레스 받지 말고 건강 챙겨가면서 버티자는 말로 귀결지으며 몇몇은 남고 몇몇은 주섬주섬 자리를 털고 일어들 났다. 천수도 자리에서 일어났다. 어질했다. 대리앱으로 콜을 하고 비틀비틀 화장실에 다녀온 사이에 벌써 대리기사가 와 있었다. 건강검진일을 다른 날로 바꿔야 하는 거 아니냐며 쫑알대는 아내의 잔소리를 묵묵히 들으며 잠자리에 들었다.

  병원으로 향하는 길은 멀고도 길게 느껴졌다. 영정 속 규석의 얼굴이 자꾸만 낯설게 떠올랐지만, 그는 머리를 세게 흔들어 뇌리에서 날려버렸다. 늘 익숙했던 도로는 처음 가보는 길처럼 낯설었다. 평소라면 신경 쓰지 않았을 간판 하나하나, 스쳐 지나가는 사람들의 표정까지 예사롭지 않아 보였다. 그는 왠지 모를 불안감에 사꾸만 목을 움츠렸다. 조금 전까지 무덤덤하게 봤던 뉴스 속 사건들이 머릿속으로 날아와 꽂혔다. 멀게만 느껴졌던 타인의 불행들이 내 이야기라도 되는 양 섬뜩하게 소름 돋았다.

'내가 혹시 심각한 병이라도 걸린 거면… 가족들은?'

아내의 걱정스러운 눈빛, 한창 공부에 집중해야 할 고1 아들의 모습, 그리고 고향에 홀로 계신 어머니의 어딘가 쓸쓸한 뒷모습이 파노라마처럼 스쳐 지나갔다. 가장으로서 짊어진 무게, 아빠이자 남편, 그리고 아들로서 당연하다고 여겼던 자신의 존재감이 송두리째 흔들리는 기분이었다. 애써 괜찮다고 되뇌면서도, 심장은 자꾸만 발걸음보다 한 발 앞서 거세게 뛰어댔다.

오후의 햇살이 쨍하게 쏟아지는 병원 대합실. 여기저기서 웅성거리는 소리, 간간이 들려오는 기침 소리, 무거운 정적. 그는 접수를 마치고 진료 대기 화면에 뜬 자기 이름을 확인했다. 대기 인원 13명. 숫자가 왠지 모르게 불길해 보였다. 손에 땀이 흥건해졌다. 옆자리 아주머니의 불안한 얼굴, 앞자리 젊은 부부의 굳은 표정까지 모두 자신과 같은 불안을 안고 있는 것처럼 보였다.

시간은 더디게 흘렀다. 다음 버튼이 눌릴 때마다 심장이 후드득거렸다. 의사의 부드러운 목소리가 문틈으로 때때로 흘러나왔지만, 그에게는 그저 알 수 없는 주문처럼 들릴 뿐이었다.

시계를 연신 확인했다. 1분 1초가 길게 느껴졌다. 핸드폰을 들었다 놨다. 뉴스를 읽으려다 기사가 눈에 들어오지도 않아 결국 내려놓았다. 손끝에서부터 점점 더 차가운 불안감이 스멀스멀 올라왔다. 마치 판결을 기다리는 죄인처럼, 그는 자신의 이름이 불리기를 기다리며 점점 더 초조해졌다. 모든 감각이 의사 진료실 문 하나에 집중되어 있었다.

"김천수 님."

드디어 이름이 불렸다. 순간 머릿속이 새하얘졌다. 기다렸던 순간인데 막상 호명되니 발걸음이 떨어지지 않았다. 주변의 시선이 일제히 자신에게 꽂히는 것만 같은 착각에 그는 느릿하게 자리에서 일어났다. 문득 온몸의 감각이 사라진 듯 멍한 채, 겨우 진료실 문을 열고 들어섰다.

새하얀 가운을 입은 의사가 차분한 얼굴로 그를 맞았다. 그는 마른침을 삼켰다. 초조한 마음에 의자 끝에 겨우 걸터앉으며 의사의 얼굴 표정을 살폈다. 잠시 그에게 닿았던 의사의 시선이 모니터를 향했다. 검진결과기록을 살피며 의사는 가볍게 고개를 끄덕 끄덕거렸다. 어쩌면 의사의 습관일지도 모르나 그는 긍정의 신호로 받아들이며 순간 안도했다.

'별거 아닐 거야. 기껏해야 당뇨나 고지혈 뭐 그런 뻔한 소리겠지.'

애써 마음을 다독였다.

"김천수 님, 검사 결과 말씀드리겠습니다."

그녀의 목소리는 낮고 조용했다. 화면을 이리저리 넘기며 전문적인 용어들을 섞어 설명했다. 조직 검사… 재확인 필요… 추가 정밀 검사…. 알아듣기 힘든 말들이 귓가를 스쳤지만, 딱 한 문장이 뇌리에 박혔다.

"정밀 검사는 우리 병원에서 하기보다는… 소견서를 써드릴 테니, 대학병원이나 큰 병원에 가서 다시 한 번 받아보시는 게 좋겠습니다."

숨이 멎고 심장이 그대로 내려앉았다. 대학병원? 큰 병원? 이 말들은 거대한 쇠망치가 되어 그의 머리를 강타했다. 조금 전까지 애써 부여잡고 있던 희망의 끈이 툭, 하고 끊어지는 소리가 들리는 듯했다. 사소한 거겠지, 오진일 거야 따위의 안일한 생각들이 산산조각이 났다. 이건 평범한 건강 이상이 아니었다. 명백하게 심각하다는 뜻이었다.

머릿속이 복잡해졌다. 눈앞의 의사는 그저 업무적인 소견일 뿐인데, 그에게는 마치 사형선고를 내리는 망설임 없는 목소리로 들렸다. 입이 바짝 말랐다. 황당했다. 이게 말이 돼? 그리고 뒤이어 밀려오는 섬뜩한 불안감. 손에 들린 소견서의 글자들이 의미를 잃고 흐릿하게 번지는 듯했다. 이 종이 한 장이 자신의 삶을 완전히 뒤바꿀 수도 있다는 생각에 정신이 아득해졌다. 순간적으로 모든 소리가 멈추고, 자신만 덩그러니 남겨진 듯한 깊은 고립감을 느꼈다. 이게 대체 무슨 소리야… 나한테… 왜? 자신이 드라마 속 주인공이 된 듯한 착각에 빠졌다. 현실감이 없었다.

진료실 문을 나서는 순간부터 모든 소리가 아득하게 멀어졌다. 발걸음은 엉망으로 꼬였다. 어떻게 대합실 의자에 앉았는지조차 기억나지 않았다. 주위를 둘러싼 웅성거림, 번잡했던 사람들의 소음이 거짓말처럼 희미해졌다. 아무 생각도 할 수 없었다. 머릿속은 새하얀 도화지처럼 텅 비었고, 온몸의 감각도 마비된 듯했다. 손에 쥔 소견서의 종잇장이 땀에 젖어 축축해지는 것도 느끼지 못했다.

시간이 얼마나 흘렀을까. 철컥철컥 닫히는 문소리가 간간이 들려왔다. 문득 싸늘해진 공기에 정신이 들었다. 고개를 들어 보니, 조금 전까지 사람들로 북적였던 대합실은 거짓말처럼 텅 비어 있었다. 여기저기 켜져 있던 불빛들도 꺼지고, 저녁 어스름이 병원 창문 너머로 짙게 깔렸다. '아… 내가… 여기 이렇게 앉아 있었구나.' 비로소 현실이 인식되는 순간, 온몸에 소름이 돋았다. 등골을 타고 차가운 불안감이 쭈뼛 올라왔다.

그는 멍한 눈으로 주위를 두리번거렸다. 시간을 확인했다.

여느 때라면 퇴근 시간이었다. 그에게 퇴근길은 더할 나위 없이 편안함과 행복감으로 충만한 것이었다. 하지만 지금은 어디로 가야 하지? 집? 지금 집으로 가면…? 무슨 말을 해야 할까? 괜찮은 척 웃을 수 있을까? 불안으로 물든 자신의 얼굴을 들키고 싶지 않았다. 이 혼란스러운 마음을 정리할 곳이 필요했다. 누구의 간섭도, 어떤 질문도 받지 않을 자신만의 공간.

무언가에 홀린 듯 그는 병원을 나와 어둑해진 밤거리를 휘적휘적 걸었다. 그의 발길은 익숙한 골목으로 향했다. 발길이 닿은 곳은 낡았지만 언제나 따뜻하고 포근한 위로를 주었던 동네 찜질방이었다. 답답한 마음을 뜨거운 땀으로 씻어 내리고 온몸의 긴장을 풀 수 있었던, 그에게는 비밀 아지트 같은 공간이었다. 예전부터 아내의 잔소리가 듣기 싫을 때, 어머니와의 자잘한 신경전으로 마음이 불편할 때, 아들의 성적표 때문에 속 시끄러울 때, 회사일이 너무 버거워 잠시 숨고 싶을 때마다 찾았던 그곳. 간판의 희미한 불빛이 그의 지친 어깨 위로 조용히 내려앉았다.

'만약 죽음의 병이라면? 설마? 아니겠지?'

하아, 그는 무겁게 숨을 내쉬었다. 뜨거운 김이 모락모락 피어오르는 온탕 속에 몸을 담그고 있어도, 그의 등골은 차갑게 식어가는 느낌이었다. 그동안 힘들다고 투덜대며 마음을 불편하게 했던 일들이 사소하게 느껴지며 뒤로 밀려났다. 만약에… 만약에 정말 큰 병이라면? 비수 같은 질문이 그의 머릿속을 파고들었다. 눈앞이 캄캄해졌다.

죽음의 공포보다 먼저 찾아온 것은 '돈'에 대한 현실적인 문제였다. 치료비. 입원비. 간병비. 그리고 가족의 생활비. 자신이 그동안 차곡차곡 모아왔던 돈으로는 턱없이 부족할 것이다. 당장 급한 대로 대출이라도 받아야 할까? 신용 담보로 될까? 아파트를 담보로? 아니지, 그건 절대 안 되지. 그는 문득 아내가 몇 년 전, 만일을 대비해서 하나쯤은 꼭 들어야 한다며 가입시켰던 보험이 떠올랐다. 매달 통장에서 빠져나가는 보험료가 아깝다고 생각했던 적도 있었다. 하지만 지금 이 순간, 그 보험이 동아줄처럼 느껴졌다. 과연 어떤 보험이었지? 정말 암에 걸렸을 때 보장받을 수 있는 건가? 혹시라도 몇 년 전에 가입해서 지금은 보장 범위가 줄어들었거나, 내가 예상했던 것보다 터무니없이 적은 금액이 나올 수도 있지 않을까? 심장이 조여왔다. 만약 그마저도 여의치 못하다면?

살아서 뭘 하겠다는 생각이 아니라, 죽더라도 가족들에게 짐이 되어서는 안 된다는 강박적인 생각이 들었다. 자신이 누워 있는 동안, 가족들이 허덕이며 경제적으로 고통받을 모습이 선명하게 그려졌다. 지금 당장 가족의 짐이 되어버린 것 같아 얼굴이 화끈거렸다.

갑자기 아들 호영의 얼굴이 떠올랐다. 고1이니 아직 입시는 멀었다고 하지만 눈 깜짝할 사이에 돌아올 현실이었다.

"아빠, 나 꼭 SKY 갈 거야. 아빠가 자랑스러워하게 해줄게."

고등학생이 되자 감정 표현에 서툰 아들이 처음으로 보였던 의욕 가득한 눈빛. 그 눈빛에 그는 그래, 우리 아들 원하는 대로 다 해줘야지! 하고 속으로 다짐했었다. SKY? 그래 좋지. 국립이면 좋겠지만 사립이라도 학비가 좀 나가겠지만, 아들이 간다면야! 든든한 가장으로서 자부심이 뿜뿜했었다. 하지만 지금은? 그는 피식, 허탈한 웃음이 흘렀다. 사립은커녕, 어쩌면 아예 서울에 있는 대학은 꿈도 꾸지 못할 상황이 올지도 모른다. 지방의 국립대라도 가서 최소한의 학비로… 아니, 그마저도 사치일까? 아르바이트를 병행해야 한다고 말해야 할까? 그의 아들이, 이제 막 날개를 펴려던 그 아들이 자신 때문에 꿈을 접어야 한다니. 생각할수록 목이 메었다.

나름은 가족을 위해 열심히 살아왔다고 자부했는데, 막상 위기가 닥치자 자신은 이렇게 무능력하고 나약한 존재임을 깨달았다. 스스로가 너무나도 초라하게 느껴졌다. 탕 속에서 자신의 심줄이 불거진 손등을 바라봤다. 억척스럽게 살아오며 얻은 상처투성이 손인데, 고작 이것밖에 되지 않는단 말인가. 눈물이 차오르는 것을 애써 참았다. 뜨거운 탕 물속에 얼굴을 파묻으면 아무도 자신의 눈물을 보지 못하리라. 그는 깊고 절망적인 상념 속으로 얼굴을 가라앉혔다.

뜨거운 물의 감각이 식어가도록 그는 탕 속에 가라앉아 있었다. 머릿속을 맴도는 그 비수 같은 질문. 스스로 던지는 질문인데도 답을 찾을 수가 없었다. 아니, 애써 외면하고 싶었다. 하지만 동시에 끈질기게 따라붙는 기억이 있었다. 피하고 싶어도 피할 수 없는, 가장 어둡고 괴로운 과거의 그림자.

아버지.

그는 위암으로 돌아가셨다. 고통스러운 투병 생활, 끝없이 들어가는 병원비. 당장 먹고 살 돈조차 빠듯했던 시절이었다. 병원비 때문에 가세가 기울었고, 그때부터 그의 삶은 삐걱거리기 시작했다. 당시 그는 공부를 꽤 잘했다. 서울에 있는 명문대에 갈 꿈을 키우던 학생이었다. 하지만 아버지의 병원비 때문에, 더 이상 학업을 이어갈 수가 없었다. 대신, 돈을 빨리 벌어 가족을 부양해야 한다는 책임감에 억지로 선택했던 길이 바로 취업이 잘 된다는 공업고등학교였다. 당시에는 그게 최선이라고 생각했다. 젊은 시절 가슴 깊이 품었던 꿈은 그렇게 산산조각이 났다.

　그때의 기억은 평생 그를 따라다녔다. 억울했다기보다는, 그냥 그의 삶이었다. 아내를 만나 뒤늦게 방통대 국문과를 졸업하며 배움에 대한 갈증을 해소하려 했지만, 이미 지나간 청춘과 꿈은 되돌릴 수 없었다. 그래서 아들 호영에게는 자신과는 다른 삶을 살게 해주고 싶었다. 하고 싶은 공부, 가고 싶은 대학. 돈 때문에 꿈을 포기하는 일은 절대 없어야 한다고 굳게 다짐했다.

　그런데 지금. 의사의 '정밀 검사' 소견은 그의 아버지와 똑같은 상황을 떠올리게 했다. 아버지와 같은 위암? 아니, 설사 다른 암이라도, 가족력이 있다는 사실 하나만으로도 모든 상황은 부정적으로 흘러갈 수밖에 없었다. 이놈의 몸은 아버지처럼 또다시 가족들에게 짐이 되려는 것인가. 그가 없어도 가족들이 평탄하게 살아갈 수 있을지, 아들이 꿈을 포기하지 않을지…. 온몸의 힘이 쭉 빠져나갔다. 그의 미래는 이제 자신의 손에 달린 것이 아니라, 이 지독한 가족력이라는 운명 앞에 속수무책으로 놓여 있는 듯했다.

　수증기 사이로 아버지를 닮은 자신의 낯빛이 어른거렸다. 그는 몸서리치듯 눈을 감았다. 자신이 너무도 가여웠고, 동시에 이 상황을 가족들에게 어떻게 말해야 할지 막막함에 숨이 막혀

왔다. 하아, 숨을 깊이 몰아쉬어도 가슴이 답답했다. 온몸을 짓누르는 차가운 불안감 속에서 그는 눈을 질끈 감았다. 그런데 눈앞에 아내의 얼굴이 떠올랐다. 그의 인생에서 가장 따뜻하고 포근한, 유일한 안식처이자 또 다른 무게감을 지닌 존재.

지금이야 그저 오랜 세월 함께해 온 부부였지만, 아내와의 만남을 되짚어보면 기적과도 같았다. 자신이 겨우 공업고등학교를 졸업하고 작은 회사에 다니던 시절, 아내는 갓 임용된 풋풋한 9급 공무원이었다. 주변에서는 모두 아내에게 "미쳤냐? 잘나가는 공무원이 왜 저런 남자랑?"이라며 뜯어말렸다고 했다.

가난한 집안. 홀로 계신 시어머니. 거기에 대학에 다니는 시동생까지. 그 누가 봐도 결혼 조건으로는 낙제점에 가까웠다. 결혼과 동시에 시어머니 봉양에 시동생 학비까지 짊어져야 할 판이었다. 그런데도 아내는 망설임 없이 그의 손을 잡아줬다.

"사람을 보고 결혼하는 거지, 조건을 보고 하나요?"

그녀의 따뜻한 미소와 당돌한 한마디에 결혼에 대한 부정적인 벽이 무너져 내렸다. 처음으로 가정을 꾸리고 싶다는 열망에 휩싸였다. 가진 것 없는 자신에게 소신 따위 따시시 않고 진심으로 다가와 준 아내. 그녀에게 받은 사랑과 희생만큼은 평생 갚아야 할 빚이라고 생각했다.

그래서였다. 그의 몸에 이상이 생겼다는 것을 알게 된 지금, 그의 마음을 가장 강하게 짓누르는 것은 바로 '아내'라는 존재였다. 남편의 든든한 지원을 받기보다는, 오히려 스스로 버팀목이 되어주었던 아내였다. 그는 아내가 행복하기만을 바랐다. 그의 짐 때문에 그녀의 어깨가 더 무거워지는 것은 상상조차 할 수 없는, 용납할 수 없는 일이었다.

지금껏 나름대로 최선을 다해 가족을 지켜왔다고 생각했다. 그런데 이제 와서 자신이 아버지처럼 암에 걸렸다는 사실을 아내에게 어떻게 말해야 할까. 그녀가 얼마나 큰 충격과 절망에 빠질까. 홀로 감당해야 할 짐을 생각하면 벌써부터 가슴이 찢어지는 듯했다. 아내를 사랑하는 만큼, 그리고 연로하신 어머니가 이 사실을 알고 얼마나 상심하실까 하는 걱정에, 이 사실을 알리는 것이 두려웠다. 그저 아내가 평온한 삶을 살아가기를, 어머니는 아무것도 모른 채 여생을 평안히 보내시길 바랄 뿐이었다.

'내가 대체 왜….'

뜨거운 김이 가득한 온탕 속에서 그는 자신이 녹아 없어지는 것 같았다. 물속에 귀가 잠기니 모든 소리가 멀어지고, 이 세상에서 자신만 홀로 떨어진 듯한 기분이 들었다. 하지만 잠시 후, 물 밖의 소음이 희미하게 그의 귀를 파고들었다. 저 멀리서는 어린아이들의 해맑은 웃음소리가, 건너편에서는 친구들끼리 시시껄렁한 농담을 주고받는 소리가 들렸다. 투명한 유리문 밖의 벽면에 걸린 TV에서는 밝은 예능 프로그램이 흘러나오며 쉴 새 없이 사람들의 웃음소리가 터져 나왔다.

'세상은 이토록 평화롭고, 행복하게 돌아가고 있는데, 왜 나만 이 차가운 절망 속에서 헤매고 있는 걸까. 무슨 죄를 지어서.'

벼랑 끝에 혼자 서 있는 듯한 극도의 고립감이 그를 덮쳤다. 머릿속에서는 지난날 무심코 스쳐 지나갔던 온갖 단편적인 정보들이 뒤죽박죽 엉켜 들었다. 뉴스에서 봤던, 숨을 헐떡이며 고통스럽게 투병하다 결국 세상을 떠난 유명했던 희극인의 마지막 모습. 인터넷 검색창에 '암 생존율'을 쳤을 때 나왔던 냉혹한 통계 그래프. 암 환자들이 지푸라기라도 잡는 심정으로 참여했다는 건강 프로그램의 자극적인 이야기들.

얼마 전부터 이따금 찾아왔던 소화불량. 대수롭지 않게 '과식했나', '속이 좀 불편하네' 하고 넘겼던 그 증상들이 불현듯 섬뜩하게 떠올랐다.

'아버지가 위암이었으니, 나도 분명 그럴 거야. 그때 그 최악

의 케이스가 바로 나겠지? 결국 저렇게 쇠약해지고, 가족에게 짐이 되다가… 결국에는….'

온갖 잘못된 정보와 과장된 상상, 그리고 몸의 작은 이상 징후가 뇌를 지배하며 그를 더 깊은 불안 속으로 밀어 넣었다. 의사는 그저 '정밀 검사'라고 했을 뿐인데, 그는 이미 스스로에게 '사형 선고'를 내리고 있었다. 자책과 후회가 뒤엉킨 비참한 자기 연민이 거친 파도가 되어 밀려왔다.

'만약 그때 아버지의 병원비는 나 몰라라 하고 그냥 인문계에 갔더라면…, 만약 내가 젊었을 때 좀 더 내 몸을 챙겼더라면…, 만약 내가 그날 술을 마시지 않았더라면….'

'만약'으로 시작하는 문장들은 끝없이 이어졌다. 자신의 현재 불행이 과거의 잘못된 선택에 대한 벌이라도 되는 양, 그는 스스로를 탓하고 또 탓했다. 그러다 그는 돌이킬 수 없는 절망의 시간 속에서 헤엄치다 결국 지쳐버렸다. 물을 얼굴에 끼얹어 벅벅 문댔다. 가슴에서 뜨거운 무언가가 묵직하게 올라와 콧속이 매콤해졌다.

'호영이가 졸업하는 모습은 봐야 하는데…, 퇴직하면 아내랑 둘이서 유럽 여행 가기로 했는데…, 은퇴하고 시골집에 내려가 농사지으며 자연인처럼 살고 싶었는데….'

소박하지만 간절했던 꿈들이 뇌리를 스치고 지나갔다. 아직다 못 이룬 소망들. 가족들과 함께 더 누리고 싶은 평범한 나날들. 삶의 끈을 놓을 수 없는, 아직 살아있어야 할 이유들이 절규하듯 그를 붙들었다. 뜨거운 눈물이 흐르는지, 아니면 온탕 물방울인지 구분할 수 없었다. 이대로 주저앉기엔, 너무나 아깝고 억울했다.

'이러고 있을 때가 아니야….'
뜨거운 탕 속에서 얼마나 많은 시간이 흘렀을까. 온몸이 물에 불어 너덜너덜해지고, 얼굴은 삶은 문어처럼 새빨갛게 변해버렸다. 이제 더 이상 온기가 몸에 스미는 것이 아니라, 오히려 짓누르는 듯한 답답함이 밀려왔다. 아무리 깊이 잠겨도, 아무리 상념 속으로 도피해도 현실은 바뀌지 않는다.
'내가 여기서 죽을병이라도 걸린 양 이러고 있으면 뭐하나. 결국 나가서 맞서야 할 현실인데.'
그는 무거운 몸을 이끌고 겨우 탕 밖으로 나왔다. 후끈한 탕 속과는 달리, 공기가 서늘하게 피부에 와 닿았다. 모든 감각이 살아나는 듯했다. 냉탕에 들어간 것도 아닌데, 식어버린 몸만큼이나 마음도 싸늘해지는 기분이었다. 샤워를 마치고 거울 앞에 섰다. 거울 속 자신의 모습은 너무도 초췌하게 지쳐 보였다. 눈 밑은 거뭇했고, 억지로 다문 입술은 창백했다. 스스로에게 물었다.

"김천수, 너 괜찮겠어?"

이 질문에 그는 차마 답할 수 없었다. 다른 사람들은 활기차게 수다를 떨고, 시원하게 등 밀어주고 있는데, 자신만 이 세상에 동떨어져 고립된 투명인간이 된 듯 느껴졌다. 그의 절망은 아랑곳없이 세상은 변함없이 흘러가고 있었다.

탈의실로 돌아와 천천히 옷을 걸쳤다. 평소 즐겨 입던 익숙한 옷인데도 어딘가 불편하고 낯설게 느껴졌다. 아내와 아들이 좋아하는, 가장 평범하고 행복한 가장의 모습이어야 하는데, 지금 그의 모습은 초라하기 그지없었다. 어떻게 이 모든 것을 감당해야 할까. 머릿속에는 여전히 수만 가지 질문이 떠올랐다.

가장 먼저 떠오른 것은 병원 재검사의 현실적인 문제였다. 정말 대학병원에 가서 정밀 검사를 받아야 할까? 어떤 대학병원이 좋을까? 예약은 어떻게 하는 거지? 괜히 바쁘다는 이유로 미뤄왔던 종합건강검진에 이토록 큰 문제가 숨어 있었을 줄이야. 아내에게는 뭐라고 말해야 할까. 지금 이 상태로 집에 가면 눈치 빠른 아내에게 들킬 것이 분명했다. 당장이라도 무릎 꿇고 모든 것을 실토하고 싶은 마음과 이 엄청난 짐을 혼자 감당해야 한다는 마음이 교차하며 실랑이를 벌였다.

휴대폰을 꺼냈다. 부재중 전화 몇 통과 '집에 언제 와?'라는 아내의 문자가 떠올랐다. 망설임 끝에 겨우 손가락을 움직였다. '나 좀 늦을 것 같아. 먼저 자.' 짧은 문장을 보내면서도 손이 떨렸다. 병든 죄인이라도 되는 양, 아내를 기만하는 것 같은 죄책감이 밀려왔다.

하아, 그는 크게 한숨을 쉬었다. 더 이상 이곳에 머물러 있을 수는 없었다. 문득 도망친 곳에 낙원은 없다는 진부한 문장이 머릿속을 스쳐 지나갔다. 맞다. 도망쳐 봤자 결국 자신을 기다리는 건 똑같은 현실이다. 어떻게든 해야 한다. 어떻게든 이 상황을 헤쳐 나가야만 한다. 그래도 절망감은 물러남 없이 꾸역꾸역 그를 주저앉히려 했다. 머리를 힘차게 흔들었다. 이제 더 이상 도피할 곳은 없다.

숨을 무겁게 몰아쉬며 찜질방 문을 밀고 나가자, 차가운 밤공기가 후끈했던 몸을 감쌌다. 간판 불빛들이 희미하게 빛나는 거리는 낮과는 다른, 묘한 고요함으로 가득했다. 그는 크게 숨을 들이켰다. 몸속까지 파고드는 차가운 공기가 흐릿했던 머릿속을 선명하게 비춰주는 듯했다. 축축하고 습했던 온탕 속의 절망적인 상념들이 거짓말처럼 서서히 증발하는 기분이었다.

아직도 심장은 불안하게 쿵덕거렸다. 그리고 뇌리에는 '큰 병'이라는 단어가 선명하게 박혀 있었지만, 한편으로는 이상하게도 정리가 되어가는 듯한 기분이 들었다. 온갖 잡다한 불안과 책임감이 뒤엉켜 들끓던 아까와는 달랐다. 아마도 뜨거운 탕 속에서 모든 것을 털어내려 발버둥 쳤던 시간 덕분일까. 바닥을 찍고 나면 오히려 단단해지는 법이라고 했던가.

걸었다. 발걸음이 닿는 곳마다 희미한 불빛이 길을 안내하는 듯했다. 문득, 밤하늘을 올려다보았다. 수많은 별이 반짝이고 있었다. 언젠가 호영이가 말했던 별 하나하나가 다 누군가의 꿈이라는 말이 떠올랐다. 그래, 아들의 꿈, 아내와의 약속, 그리고 아직 끝나지 않은 자신의 삶. 이 모든 것들이 그에게 아직 살아가야 할 이유가 되고 있었다. 죽음을 생각하며 자책만 하기엔, 삶은 너무도 소중하고 아름다운 것들로 가득했다.

그는 천천히 숨을 내쉬며 마음속으로 다짐했다. 일단, 싸워보자. 결과를 모르는데 지레 겁먹고 포기할 수는 없다. 그래, 아직 정밀 검사도 받지 않았다. 혹시라도 괜찮을 수 있고, 설사 아픈 병이라 할지라도 분명히 치료법은 있을 것이다. 가족을 생각하면 무조건 싸워야 한다. 힘든 싸움이 되겠지만, 그는 결코 혼자가 아니었다. 자신을 믿어주는 아내와 아들이 있다. 이전에 아내와 약속했던 유럽 풍경 사진이 그의 미래를 보여주듯 눈앞을 스쳐 지나갔다. 그리고 아내의 손을 잡고 에펠탑 앞에서 웃고 있는 자신을 상상했다.

어둠 속에서 한 줄기 희망의 빛이 스며들듯, 그의 마음에 온기가 번졌다. 병원을 나설 때 느꼈던 막막함은 조금씩 '해보자'는 의지로 변하고 있었다. 비록 앞날이 불확실하고 두렵지만, 그는 이제 한 걸음씩 내딛기로 결심했다.

밤늦은 시간, 그는 조심스럽게 현관 비밀번호를 눌렀다. 띠리릭 도어락 소리가 너무 크게 들렸다. 문을 열기가 망설여졌다. 문틈 사이로 새어 나오는 희미한 불빛이 그에게 너, 무슨 일 있어? 하고 묻는 듯했다. 복잡한 마음을 애써 진정시키며 조용히 현관문을 당겼다. 거실 불은 꺼져 있었지만, 부엌에서 흘러나오는 은은한 불빛이 그의 눈에 들어왔다. 촉각을 세워 소리를 감지했다. 조용했다. '벌써 잠들었나?' 생각하며 신발을 벗으려는데, 익숙한 온기가 등 뒤를 포근하게 감쌌다.

"여보…."

아내였다. 잠 들어 있을 줄 알았는데, 그가 올 때까지 기다리고 있었던 모양이었다. 그녀는 아무 말도 묻지 않았다. 그저 묵묵히 그의 등을 꼬옥 끌어안았다. 그 어떤 질문보다도, 그 어떤 위로의 말보다도 따뜻하고 강력한 포옹이었다. 오후 내 그를 짓눌렀던 불안감, 미래에 대한 막막함, 스스로에 대한 초리함. 온탕 속에서 수만 번 되뇌었던 절망적인 상념들이 아내의 따뜻한 품속에서 서서히 녹아내리는 듯했다.

그는 온몸의 긴장이 풀리는 것을 느꼈다. 뻣뻣했던 어깨가 축 늘어지고, 차갑게 얼어붙었던 심장이 아내의 온기 덕분에 다시 뜨겁게 고동치기 시작했다. 묵묵히 그의 등을 감싸 안은 아내의 팔에서는 그녀의 삶의 무게와 사랑이 그대로 전해져 왔다. 그 순간, 그는 비로소 자신이 결코 혼자가 아니라는 사실을 깨달았다. 두렵고 힘든 길일지라도, 아내만 있다면 모든 것을 이겨낼 수 있을 것 같았다. 그녀의 작은 어깨는 세상의 어떤 무거운 짐이라도 함께 들어주겠다고 걱정하지 말라고 말해주는 듯했다.

그는 애써 참고 있던 눈물을 기어이 터트리고 말았다. 하염없이 쏟아지는 눈물 속에서 그는 낮게 흐느꼈다. 그 울음은 절망이나 슬픔이 아니었다. 오랜 시간 혼자 싸워왔던 불안과 고독을 아내의 품에서 비로소 내려놓는 안도감, 그리고 그녀의 말 없는 사랑에 대한 깊은 감동이었다. 아내는 여전히 아무 말 없이 그의 등을 토닥였다. '괜찮아. 내가 여기 있어. 우리가 함께할 거야.'라고 말하는 듯. 그 따뜻한 온기 속에서, 그는 다시 한 번 살아갈 용기와 희망을 얻었다.

이른 아침 따스한 햇살이 창문 틈 사이를 비집고 들어와 그의 얼굴 위로 조용히 내려앉았다. 간밤의 폭풍 같은 눈물 때문인지 눈꺼풀은 조금 부어 있었지만, 마음은 어느 때보다 평온하고 단단했다. 주방에서는 무엇이 끓는지 냄비가 뿜어내는 소리로 요란했다. 빠끔 열린 문틈 사이로 냉장고 문을 닫는 분주한 아내의 뒷모습이 언뜻 보였다. 콧날이 시큰해졌다. 그는 침대에서 몸을 일으켜 앉았다. 눈앞에 펼쳐진 익숙한 일상의 풍경. 어제 하루 그를 옥죄던 불안의 그림자를 말끔히 지워주는 듯했다. 살아있는 아침. 가족의 평범하고 소란스러운 아침 풍경이 이렇게나 소중하게 느껴진 적이 있었던가.

"아빠, 학교 다녀오겠습니다!"

잠시 후, 단정한 교복 차림의 호영이가 현관을 나서며 밝게 외쳤다.

"잘 다녀와!"

아내의 활기찬 소리가 뒤를 이었다. 문이 닫히고, 정적과 함께 잠시 고요함이 찾아왔지만, 더 이상 그를 고립시키는 고요함이 아니었다. 그것은 새로운 시작을 위한 고요한 맹아였다.

그는 더 이상 망설이지 않았다. 곧장 핸드폰을 찾아들었다. 어제 받은 소견서를 다시 확인하며, 가장 먼저 할 일은 역시나 대학병원 정밀 검사 예약이었다. 화면 가득 뜬 병원 안내 페이지를 진지하게 살펴보았다. 어제만 해도 막막하고 두렵기만 했던 과정이, 이제는 삶을 지켜내기 위한 피할 수 없는 과제이자 결의로 다가왔다.

'그래, 싸우자. 반드시 싸워서 이기자.'

아직 아무것도 확정된 것은 없다. 앞으로 어떤 힘든 고비가 찾아올지 알 수 없다. 하지만 그는 더 이상 혼자가 아니었다. 그의 뒤에는 말없이 자신을 지지해주는 아내가 있고, 그의 앞에는 밝은 미래를 기다리는 아들이 있다. 언젠가 아내와 함께 계획했던 유럽 여행의 장면이 그의 머릿속에서 다시금 선명하게 그려졌다. 에펠탑 아래, 두 손을 맞잡고 환하게 웃고 있는 자신과 아내의 모습.

그는 잠시 멈춰 서서 핸드폰 주소록을 뒤적였다. '어머니'라는 글자가 눈에 들어왔다. 그 밑에는 며칠 전 안부 전화로 아유, 내 아들 잘 있나 몰라. 잘 먹고 잘 지낸다고 하니 애미는 됐다고 하던 평온한 목소리가 재생되는 듯했다. 이 평범한 하루가 이어지기를, 부디 오래도록 변치 않기를 그는 간절히 바랐다. 핸드폰 화면을 끈 그의 얼굴에 결의가 스쳤다.

그는 핸드폰 액정 너머로 펼쳐진 무수한 정보들 사이에서, 가장 적합한 병원을 찾기 위해 다시금 몰두했다. 불안감은 여전했지만, 그 불안감 속에는 뜨거운 삶의 의지가 꿈틀거렸다. 그는 이제 더 이상 사우나 속 침묵의 고백 속에 갇힌 절망적인 가장이 아니었다. 사랑하는 사람들을 위해 기꺼이 싸울 준비가 된, 강인한 아버지이자 남편이었다.

두꺼비 집 짓다

숙은 눈물 콧물이 뒤범벅이 된 얼굴을 옷소매로 닦으며 승이의 웃음을 터뜨렸다

두꺼비 집 짓다

진동으로 울리는 알람 소리에 숙은 잠이 달아났다.

경칩이 지났지만 아직은 쌀쌀했다. 잠옷 위에 패딩만 걸치고 나간 바람에 찬 기운이 슬리퍼 신은 발을 진저리치게 했다. 동동거리며 배달 주머니에서 우유 500ml 두 개를 꺼내고, 대문 위에 올려 있는 신문을 꺼내다가 우유 팩 하나를 떨어뜨렸다. 종이 팩이 터져서 우유가 흘러나왔다.

'아유 짜증 나.'

숙은 눈살을 찌푸렸다. 요란하게 현관문 여닫는 소리에 무슨 일이냐는 어머니의 궁금한 음색이 안방 문을 건너 들려 왔다. 별일 아니라고 둘러댔다. 신문을 소파에 내던지고 곧장 싱크대로 가서 터진 우유팩을 컵 두 개에 나눠 따랐다.

숙은 아침에 일어나면 늘 냉장고에서 양배추, 당근, 비트, 마,

새싹을 꺼냈고 순서에 맞춰 준비했다. 어느 날 어머니는 채소를 많이 먹어야 좋다는데, 잇몸이 아파 씹어 먹기 힘들다며 채 썰어 샐러드로 먹고 싶다고 했다. 소스는 참깨 드레싱이 좋다더라. 그 말은 사실 명령이었다.

"무슨 일인데 별일 아니라고 그러냐?"

어머니의 목소리가 날카롭게 들렸다. 그녀는 뭐가 그리 궁금해서 귀찮게 재차 묻는가 싶어서 짜증이 밀려왔다. 당근 껍질을 벗기며 식탁에 앉아 있는 어머니를 힐끔 쳐다봤다. 처음부터 말하면 될 것을 감출 일도 아닌데 얼버무려 눙치려고 했던 것이 사단이었다. 어머니의 귀가 어두워지면서 그녀들의 대화가 불편해졌다. 특히 아침나절에는 어머니가 보청기를 끼지 않아 긴 대화는 더욱 꺼려졌다.

생각해 보면 하루하루가 다람쥐 쳇바퀴같이 맴돌았다. 우유와 신문을 가져오는 것부터가 너무나 사소했다. 우유는 그렇다 치더라도 요즘 세상에 누가 신문을 읽을까. 인터넷에 접속하면 취향에 맞는 기사를 편하게 찾아 읽을 수 있는데. 신문 구독을 끊지 못하는 이유는 순전히 어머니 때문이었다.

어머니가 그러든 말든 그녀는 부지런히 손을 움직이며 어머니의 참견을 귓등으로 날렸다. 어머니의 목소리가 점점 기지며 수저통을 들었다 놨다 하는 양이 저러다가 숟가락이라도 날아오는 것은 아닌가 싶어서 뒷덜미가 쭈뼛거렸다.

 어머니는 화장실로 들어가 버렸다. 화장실에서 틀니 닦아 끼고 나오는 시간에 맞춰서 식탁을 완성해야 하는데, 준비가 더뎠다.

 "오늘 가래울에는 몇 시에 가기로 했냐?"

 "두 시요."

 "농사는 쉬엄쉬엄하는 거야. 너무 힘들게 하면 못써."

 "농업경영체 등록을 해야 퇴비나 비료를 값싸게 살 수 있다구요. 나 혼자만 좋자고 그러냐고요."

 그녀는 쏘아붙이며 발끈했다.

 "너 혼자만 너무 고생스러워서 그렇지. 덩치나 커야 말이지, 피죽도 못 얻어먹은 것처럼 말라서는."

 어머니는 무슨 생각이 들었는지 말끝을 흐렸다. 아침 먹기 전의 감정이 뒤바뀌어 어머니가 숙을 달래줄 차례였다.

 동구 밖에 굵고 오래된 가래나무가 있어서 그 마을을 가래울이라 불렀다는 것이다. 그 고목은 마을 사람들의 애환을 품은 나무였는데, 지금은 마을회관이 들어서며 없어졌다. 가래울은 아버지의 고향으로 그곳에 숙의 밭이 있었다. 정확히 말하자면 아버지가 돌아가시며 상속한 것이었다. 임차인은 마을 주민으로 사십 년 넘게 그 땅에서 배 농사를 지었다. 십 년씩 연장하던 임대차 계약을 끝내며 임차인과 사소한 마찰이 있었지만, 부동산을 하는, 이종사촌 동생 태희의 남편인 종국이가 나서서 해결했다. 숙은 어떻게 해결했는지는 묻지 않았다. 임차인은 배나무는 늙어서 상품 가치가 없지만 그래도 나뭇값이나 물 대기 위해 판 관정 비를 얼마쯤의 계약 해지 대가로 요구했다. 숙은 지금까지 임대료 한 푼 안 내고 잘 사용했으니 그것으로 된 것 아니냐고 일언지하에 거절했다. 어쩌면, 숙에게 요구했던 그만큼은 아니라도 종국은 임차인에게 조금의 금전을 집어줬을 거였다.

"처형, 이런 곳에서 농사를 지으려면 주민들과 척지면 좋지 않아요. 나하고는 상관없지만, 처형이 여자니까 우습게 보고 해코지라도 하면 그렇잖아요. 막말로 한밤중에 기껏 심어 놓은 채소들을 모두 망칠 수도 있고요. 그런 곳에 감시 카메라가 있는 것도 아니잖아요."

숙이 종국에게 도움을 청한 것도 아니었다. 어머니가 뭐라고 상황을 전해줬는지 그는 발 벗고 나서서 문제를 해결해 주었다. 그에게 고맙다고 말해야 하는데 이상하게 입이 떨어지지 않아 차일피일 미루며 시간이 흘렀다.

숙은 그 밭 귀퉁이에서 농사를 짓기 시작했다. 농사를 지으려고 생각한 것은 단순한 목적에서였다. 먼저 퇴직한 직장 동료들을 만나면 이구동성으로 시간은 많은데 쓸 돈이 없다는 것이다. 지역건보료가 장난이 아니야. 돈 나올 구멍은 뻔한데 건보료는 더 많이 나오니 죽을 맛이라며 불만을 토로했다. 그래서 조금이라도 건보료를 적게 내려고, 누구는 경비 일을 시작했고, 누구는 요양보호사 준비한다고도 했다. 그러던 어느 날 그녀는 귀를 솔깃하게 하는 정보를 들었다. 농사를 지어 건보료를 절반으로 줄였다는 말이었다. 그래서 그녀도 퇴직 후 건보료를 절반으로 줄이는 방안으로 그 밭에 농사를 짓기로 했다. 다행히 아버지와 맺었던 임대차 계약도 만료되고 계획은 순조롭게 진행되는가 싶었다.

사실 그동안은 세금만 나가던 아무 쓸모없는 땅이었다. 임차인은 계약 기간 동안 그 땅을 무료로 사용했으면서도 고맙다는 말 한마디 없이 당당했다. 숙의 아버지는 농지에 농사를 짓지 않으면 안 된다는 정부의 말만 곧이곧대로 듣고는 그저 놀리지 않고 농사짓는 것만으로도 다행이라고 여겼다.

"절대 녹지라 팔아봤자 돈도 안 되는 땅이다. 그냥 놔둬라."

세금을 할인해 준다는 말에 자동이체를 해 놓았더니 세금만 따박따박 통장에서 빠져나갔다. 사실 팔자고 마음먹으면 왜 못 팔았겠는가. 아버지의 마음을 알 것도 같았기 때문이었다.

대대로 이어받은 땅이었다. 오십여 년 전 댐이 세워지면서 그 많던 전답은 모두 수몰되고 산을 끼고 있던 전답만이 조금 남았다.

숙의 할아버지가 돌아가셨을 때, 재산 상속 문제로 형제간에 분란이 있을 뻔했다. 그러나 큰아들인 숙의 아버지는 동생에게 모두를 양보했다. 대 이을 아들이 없다는 이유에서였다. 돈 될 만한 것들은 모조리 작은집으로 다 넘어갔고, 작은집에서는 겨우 쓸모없는 산 밑 전답을 인심 쓰듯 던져 주었다.

해마다 토지세 고지서를 우편함에서 꺼낼 때마다 숙은 은근 화가 났다. 요즘 세상에 아들이 무슨 상관이라고 작은집에다 갖다 바쳤나 싶은 마음에서였다. 이재에 밝지 않고 재물에 욕심 없는 아버지를 무능한 위인으로 치부하여 눈 흘겨보기도 했었다.

"그러게, 네가 고추만 달고 나왔어도 고향 지키며 잘 살았겠지."

위로의 말은 못 할망정 어머니는 속 긁는 소리를 곧잘 내뱉었다.

"고추는 내 맘대로 달고 나오나요?"

아들 귀한 집안에 큰아들인 아버지는 줄줄이 딸만 셋을 낳았다. 동생은 장가도 가기 전에 떡하니 아들을 달고 들어왔으니 어땠겠는가. 남사스러운 일이지만 워낙 손이 귀한 집안인지라 동네방네 경사로 축하 인사가 넘쳤다. 혼례도 안 올린 작은댁 우세에 어머니는 속이 뒤집혔고 자존심에 큰 상처를 입었다. 남편과 떨어져 살면서도 큰며느리라는 자부심 하나로 살아온 시집살이였다. 어머니는 서울에서 하숙하며 직장 생활하던 남편에게 간다는 통고도 없이 딸 셋을 데리고 무작정 올라갔다. 어머니는 생각날 때마다 그때 분가하게 된 결정적인 원인이 셋째 딸인 숙, 너 때문이라고 원망의 소리를 늘어놓았다. 어머니가 그런 말을 할 때마다 억울했지만 죄인인 양 아무 말도 못 했다. 그 말은 너 때문에 재산 다 빼앗기고 큰며느리 노릇도 제대로 못 했으니 어머니에게 잘해야 한다는 무언의 협박이라고 생각했다.

숙은 어렸을 적에 부모뿐 아니라, 다른 자매들에게도 늘 주눅이 들었다. 자기 때문에 고향에서 살지 못하고 타향으로 떠돌며 고생하는 것이라고 여겨 미안했다. 두 언니가 당당히 대학을 졸업하고 부모님이 자랑스러워할 만한 사윗감을 앞세워 대문을 나설 때도, 숙은 그들을 부러워만 했을 뿐이었다. 그녀는 고등학교만 졸업하고 9급 공무원이 되어 교육지원청에서 근무를 시작했다. 겨우겨우 6급인 중학교 행정실장으로 정년을 마치는 동안 어느덧 늙은 부모는 그녀의 차지가 되었다. 고향 얘기가 나올 때마다 "네가 아들로만 태어났어도…." 하는 말을 들어도 넉살 좋게 받아넘길 만큼 가슴에 굳은살이 박였다.

"엄마는 나를 구박할 게 아니라 고마워해야 하지 않나? 내 덕분에 시골 촌부로 안 늙어 지금도 어디 나가면 곱다는 말을 듣잖아. 그리고 아들 없는 집에서 아들 노릇 하지. 요즘 아들들 부모하고 사는 집이 몇이나 되겠어. 엄마 친구들도 모두 딸하고 산다며. 사위 눈치 보면서. 엄마는 눈치 볼 사위도 없으니 얼마나 만고 땡이야. 안 그래, 엄마?"

"그래 네 말이 맞다, 아이구 고맙구나. 속 모르는 사람이 들으면 부모 모시려고 시집 안 간 효녀 줄 착각하겠다. 지금이라도 내 걱정 말고 시집가거라."

오늘 아침, 어머니와의 설전은 숙이 이긴 셈이었다.

"두 시면 너무 늦지 않겠니? 오전 중에 만나자고 하지."

어머니는 숙이 하는 일마다 꼭 한 번쯤 딴지를 걸어야 속이 시원한 사람인 것 같았다. 한 번도 그냥 넘어가는 법이 없었다. 어머니가 딴지를 걸 때마다 그것이 무엇이든 간에 숙은 그 자리에서 그 일을 그만 딱 멈추고 싶은 심정이었다. 어머니는 돌아가실 때까지 아마도 숙의 그런 마음을 모를 것이다.

"엄마, 박 서방도 오전에 할 일이 있다고 했잖아요."

"나 귀 안 먹었다. 버릇없이 어디서 큰 소리야."

이러다가는 2차전이 시작될 것 같았다. 그녀는 얼른 라디오를 켜며 의자에서 일어나 주섬주섬 식탁 위를 치웠다. 나이가 들면서 가요보다는 국악이 정겹게 귀에 들어왔다. 타령이 끝나고 진행자의 비음 섞인 멘트가 친근하게 이어졌다. 설거지하며 라디오 음악에 따라 흥얼거렸다.

 '이리 오너라, 업고 놀자. 사랑 사랑 사랑 내 사랑이야.'

 숙은 풋 하고 웃음이 절로 났다. 누군가 어렸을 때 춘향가에서 이리 오너라 업고 놀자 하는 것이 벗고 놀자로 들려서, 들을 때마다 야한 생각으로 얼굴이 후끈해졌다는 말이 떠올랐다. 벗고 놀자고? 업는 건 이몽룡이니까 벗는 것도 몽룡이겠지, 기생 오라비 같은 얼굴에 앙증맞게 달랑거릴 거시기가 연상되어 주름 같은 보조개를 파며 입꼬리를 비틀어 웃었다. 설거지를 마치고 청소를 시작했다. 단둘이 살아서 별로 어질러질 게 뭐 있느냐고 다른 식구들은 말하지만, 알게 모르게 어머니 때문에 손 갈 곳이 많았다.

 아직은 벚꽃 필 시기도 아닌 평일이라 대청호를 끼고 가는 길은 한산했다. 호수의 낮은 수위를 보니 봄 가뭄이 심각했다. 불현듯 지난겨울에 심은 마늘이 생각났다. 비가 어서 와주어야 할 텐데, 숙은 걱정이 되었다. 얼어 죽지 않았다면 말라 죽었겠네. 밭에 도착하자마자 기대는 하지 않았지만 그래도 혹시나 하는 마음에 수로 옆에 심은 마늘밭으로 향했다. 마늘 순이 땅 위로 쭈빗쭈빗 앙증맞은 모습을 드러내고 있었다. 반가웠다. 고생했네. 숙은 눈을 껌뻑이며 훌쩍 콧물을 들이켰다. 수로에서 둔탁한 물체가 펄떡 뛰어올랐다. 엄마야! 깜짝 놀라 엉덩방아를 찧었다. 주먹만 한 적갈색 두꺼비가 눈알을 뒤룩거리며 주변을 흘금거리고는 느릿느릿 둔덕으로 올라갔다. 숙은 놀라고 화가 나 두꺼비를 향해 돌을 집어 들다가 슬그머니 내려놓았다. 고인 물에 알을 낳기 위해 물을 찾아 이곳까지 왔다고 생각하니 두꺼비가 아닌 자신이 침입자인 듯한 마음이 들어 슬그머니 미안해졌다.

"애썼네, 새끼들은 잘 클 거야, 걱정 마."

그녀는 두꺼비를 향해 손까지 흔들었다. 두 시가 훌쩍 넘었는데도 종국의 모습은 보이지 않았다.

지난겨울, 밭이 도로보다 너무 꺼져 있어 모양이 안 난다며 종국이 아파트 공사장에서 흙을 얻어 밭의 높이를 높였다. 덤프트럭으로 상당한 양의 흙을 날랐다고 자신의 공치사를 늘어놓았다. 그러나 숙은 불편했다.

"처형, 밭을 이렇게 높이니까 가치 있어 보이잖아요. 이세 다 처형 위해서 하는 겁니다. 지금까지는 겨우 밭떼기였지만 이렇게 해놓으니까 재산이 되잖아요. 처형, 내 덕에 돈방석에 앉겠어요."

종국은 큰 키를 구부정하게 낮추어 짐짓 밀어인 양 귀엣말로 속삭였다. 차지게 좋았던 땅은 영양분이 전혀 없는 푸석 땅이 되어버렸다. 농사를 지을 수 있겠나 싶었지만 애써 한 일이라고 공치사가 흐드러진 그에게 싫은 내색을 할 수 없었다.

"좋네, 땅이 평평해지니까 정말 넓어 보이네."

그녀는 억지웃음까지 지었다. 이종사촌인 태희는 일찍 부모를 여의어서 고생을 많이 했다. 태희가 결혼할 때도 어머니는 가까이 두고 친딸 못지않게 정성을 다했다. 숙에게 태희는 친동생이나 진배없었다. 새벽에 어머니가 폐렴으로 응급실로 실려 갔을 때도 다급하게 울면서 도움을 청했던 사람은 언니들이 아닌 태희였다.

봄부터 당장 농업경영체 영농사실 확인서가 필요했다. 인터넷을 통해 겨울철에 심어도 좋은 농작물이 무엇인지 검색했다. 그래서 겨울 초입에 손바닥에 물집 잡히도록 못 하는 삽질을 하여 흙을 파고 뒤집고 고랑을 만들었다. 화단 가꿀 때 쓰던 연장이라 아버지가 돌아가신 뒤 몇 년 동안 사용을 안 했더니 삽은 그런대로 쓸 수 있었지만, 호미는 자루가 부식되어 밭고랑을 만들기 위해 힘주어 대여섯 번 마른 땅을 내리치자 자루가 부러졌다. 숙은 구멍이 나 있는 검정 비닐을 고랑에 덮었다. 호미를 사러 갈 수도 없어 삽으로 흙을 덮었다. 바람이 불어도 비닐이 날아가지 않도록 꼼꼼하게. 구멍마다 마늘을 폭폭 꽂아, 오 미터가량 두 고랑의 마늘밭을 만들고 나니 만족스러웠다. 이만하면 농업경영체 등록쯤이야 바로 할 수 있겠다 싶었다. 그러나 그리 쉬운 일은 아니었다. 너무 쉽게 단정했다. 인터넷으로 양식을 다운받아 기록하고 농자재 구매 영수증도 첨부하여 농산물품질관리원에 제출했다. 접수하는 직원이 농업경영체 등록하려면 농토가 천 제곱미터는 되어야 한다고 했다.

"천 제곱미터 훨씬 넘어요."

숙은 자신 있게 대답했다. 직원이 제출한 서류를 보며 고개를 끄덕였다. 농작물은 뭘 심었냐는 물음에 마늘을 심었다고 말하자, 직원은 삼백 평이 넘는 곳에 다 마늘만 심었냐며 놀랐다. 숙은 마늘은 두 고랑밖에 심지 않았기 때문에 직원의 말에 찔려, 나머지 농작물은 봄에 심으려 한다고 우물거렸다. 그러자 직원은 펜스를 쳤냐고 물었다.

"펜스요? 그게 뭐죠?"

직원은 고개를 갸웃거리며 눈을 치떴다. 숙은 심장이 쪼그라든 양 벌렁거렸다.

직원은 실사 나갔을 때 농지 경계를 알 수 있도록 그물망 펜스가 처져 있어야 영농사실 확인서를 승인해 줄 수 있다는 것이었다. 먼저 승인해주고 봄에 치면 안 되겠느냐고 사정해 보았다. 그러나 이도 안 들어갈 말 해봤자 숙의 입만 아픈 군소리였다. 알았다고 펜스 치고 전화하겠다고 말했다. 농산물품질관리원 사무실을 나오는데, 직원은 뒤통수에 대고 다시 확인하듯 12월 중순까지는 연락을 해줘야 올해 승인받을 수 있다고 상냥하게 말했다. 그렇지만 그녀는 가짜 농사꾼 주제에 어디 영농사실 확인서를 받으려고 거짓말을 하려 하냐는 의미로 들려 속이 뜨끔했다. 12월 넘으면 내년에 다시 서류를 제출해야 한다는 직원의 말에 숙은 사무실을 돌아서 나오며 올해 승인받기는 글렀다고 포기해 버렸다.

멀리 도로에서 방향을 틀어 좁은 길로 접어드는 종국의 사륜구동 차가 보였다. 차에서 내린 종국은 숙을 향해 손을 흔들었다. 그러곤 주위를 두리번거리며 걸어왔다. 숙은 정수리에 쏟아지는 햇살에 눈이 부셨다. 종국을 향해 어서 오라고 손짓했다. 그녀의 손짓에 응답하듯 종국이 다시 손을 번쩍 들었다.

등 뒤에서 여자의 웃음소리가 들렸다. 숙은 화들짝 놀라 뒤를 돌아보았다. 김 노인이 어떤 여자 두 명과 함께 오고 있었다. 여자들의 옷차림새로 보아 마을 주민은 아니고 외지인 같았다. 종국은 숙에게 눈을 찡긋하고는 옆을 지나쳐 그녀들과 반갑게 인사를 나눴다. 그들의 대화 소리가 숙의 귀에 들려왔다. 여자들의 웃음소리, 김 노인의 그랴그랴 하는 추임새, 그리고 종국의 허공에 흔드는 손짓이 보였다. 숙은 어색하여 이제 막 아기 솜털처럼 뽀송뽀송 돋아나온 쑥을 손톱으로 톡톡 땄다. 손톱 밑이 아팠지만 개의치 않았다.

종국이 다니던 직장을 때려치우고 공인중개사학원 동기 몇몇과 사무실을 냈을 때만 해도 부동산 시장이 호황이었다. 예전의 월급과 비교될 수 없을 만큼 액수가 통장을 배 불려 주어서인지, 키 크고 허리가 길어 구부정하던 종국의 허리가 꼿꼿해졌다. 언젠가는 세종시 산업단지가 들어서는 인근 땅 어디쯤에 과수원을 샀다고 자랑하듯 흘리기도 했다.

"처형, 이게 다 노후 자금입니다. 자고 일어나면 올라요. 신통해 죽겠어요. 남들이 땅 있다는 말 들어도 이제는 안 부럽습니다. 나도 땅이 있으니까요."

숙은 걱정이 되었다. 아무리 부동산 경기가 좋다고 하지만 종국이 세종시에 땅을 살 만큼의 여윳돈이 없다는 것은 뻔히 아는 사실이었다. 달란다고 해도 선뜻 빌려줄 여력이 없었겠지만, 그녀는 무슨 돈으로 그것을 샀냐고 물어보고 싶지도 않았다. 종국은 집안 행사에 숙이네 자매들보다 더 두둑한 봉투를 내밀었다.

"어머니, 막내 사위입니다. 세상에 돈 버는 일은 부동산밖에 없어요. 어머니 오래오래 만수무강하세요, 제가 나중에 빌딩 지어 펜트하우스에 모시겠습니다. 막내 사위 믿으시죠, 어머니."

멀대처럼 크고 깡말라 안쓰러워 보였던 수줍고 조심성 많던 종국의 모습을 더 이상 찾아볼 수 없었다. 넉살 좋게 그 스스로 막내 사위라는 말도 거침없이 쏟아냈다. 태희를 막내딸쯤으로 생각하니 틀린 말은 아니지만, 어딘지 유들유들 넉살 좋게 말하는 품새가 남의 옷 빌려 입은 양 어색했다.

어머니는 가족이 모두 돌아가고 나면 받은 봉투들을 헤아렸다. 큰언니네 것과 조카들 봉투까지 나열하곤 각각의 봉투에서 빳빳한 오만 원 권을 신이 나서 집게손가락 끝에 침을 뱉어가며 세고 또 셌다.

"아이고, 태희네가 이렇게 많이 했네. 박 서방이 돈을 잘 벌어서 좋구만."

한눈에 봐도 얼마라는 게 뻔히 알겠는데도, 돈을 세고 또 세며 입이 귀에 걸렸다. 어머니가 돈으로 효를 평가할 때마다 숙은 그 속물스러움이 못마땅했다.

종국이 고추지지대로 쓰는 알루미늄 대와 그물망을 부려놓았다. 두 여자와 노인의 모습은 보이지 않았다. 숙은 뜯은 쑥을 비닐에 담아 가방에 넣었다. 종국의 지시에 따라 숙은 말 잘 듣는 학생처럼 고추지지대를 일 미터 간격으로 꽂고 망치질해 땅속 깊이 단단하게 박아 넣었다. 그는 숙이 박아 놓은 고춧대에 그물망 끝을 돌돌 말아가며 벗겨지지 않게 꼼꼼히 걸었다. 드디어 펜스가 완성되었다.

숙은 농업경영체 영농사실 확인서를 다시 작성했다. 영농사실을 확인해 줄 주민 서명만 받아서 국립농산물품질관리원에 제출하면 끝이었다. 그러나 완벽하다고 생각하는 순간, 아차 싶었다. 지난번에는 쉽게 서명해 주었는데…. 왠지 불길함이 엄습해왔다.

참 내, 이렇게 될 줄 알았으면 그때 좀 참을 걸. 별스럽지 않게 했던 행동이 영농인이 되기 위한 숙의 행보를 옭아맸다. 코로나 상황을 핑계로 삼 년 동안 성묘를 가지 않았다가 추석이 다가오면서 오랜만에 벌초를 하기 위해 할아버지 산소에 갔다. 그런데 산소 근처에 여러 개의 벌통이 놓여 있었다. 숙은 수소문해서 벌통 주인에게 벌통을 치우게 했다. 그 과정에서 사소한 마찰이 있었다. 그리고 벌통 주인과의 일을 까맣게 잊고 있었다. 땅이 얼기 전에 어서 마늘을 심어야겠다고 생각한 숙은 서둘러 밭일을 시작했다. 겨우 한 고랑 마늘을 심었을 때였다. 영농사실 확인서에 서명해 주었던 김 노인이 다가왔다.

"왜 그랗냐. 아줌씨가 몰라서 그런 것 같은디. 여게는 예부터 정가 집성촌이구먼. 저 짝 산날맹이에 있는 벌통이 내하고 같이 도장 찍어줬던 정 씨 동상 것이구먼. 진즉 알았으므. 안 해줄 긴디, 아줌씨 땜시 나가 불편하게 되었구만."

김 노인은 숙의 말은 들어보지도 않고 머리를 절레절레 흔들며 농사짓기 힘들지 힘들어, 혼잣말하듯 지나갔다. 나중에 종국을 통해서 들은 얘기지만, 벌통 주인이 이장한테 영농사실 확인서에 절대로 도장 찍어주지 말라며 동네서 도장 찍어주는 사람 있으면 자기 얼굴 볼 생각하지 말라고 엄포를 놓았다고 했다.

숙은 밭과 가까운 김 노인댁을 찾아갔다. 여차여차해서 다시 확인서를 제출해야 하니 서명 좀 해달라고 하자, 김 노인은 미안하다며 벌통 주인에게 사과하고 오면 써주겠다고 회피했다.

"거기가 사과 받아주기 전까지는 이 동리서 확인서 받기는 힘들꺼구먼."

숙은 다시 종국에게 부탁했다.

"처형, 그러지 말고 파시죠. 노인네들 고집 잘 아시잖아요. 막걸리 사 들고 찾아갔는데 문전 박대하네요. 고집이 말도 마세요."

종국은 어차피 주민들이 협조해 주지 않으면 확인서 받기 힘들다고 했다.

"요즘 매매가 뜸하지만, 임자 잘 만나면 좋은 값 받을 수 있으니 팔죠."

숙은 팔고 싶지 않았다. 그 땅을 팔아야 생활할 수 있을 만큼 형편이 곤궁한 것도 아니었다. 단출한 살림이라 연금만으로도 그럭저럭 살 수 있었다. 그는 숙을 세상 물정 모르는 숙맥 취급을 하며 답답해했다.

"자식도 없으면서 가지고 있으면 뭐 합니까? 막말로 어머니도 돌아가시고 처형 혼자 남았을 때 돈이라도 많아야 호텔 같은 양로원에서 편하게 여생을 살 수 있지 않겠어요, 처형?"

집요하게 숙을 설득하려 했다. 직장을 다닐 때는 내성적이고 매사에 조심성이 많았던 그였다. 부동산 중개업을 하면서 자신의 천직을 찾았다고 했다. 그러나 숙의 눈에는 남의 옷 빌려 입은 양 불편해 보였다.

"이 일이 말입니다. 노력한 만큼 돈이 들어와요."

하는 일에 대해 변명이라도 하듯 힘주어 말하는 그의 의견에 숙은 동의하기 어려웠다. 남을 어르고 뺨치고 해서 얻어내는 일을 노력이라고 할 수는 없었다. 노력이라는 단어를 그런 말에 붙여서는 안 된다고 생각했다. 숙은 일을 해결하는 종국의 수완이 마음에 들지 않았지만, 어쩔 수 없이 수시로 그에게 도움을 청했다.

엊저녁에는 큰언니가 안부 전화를 했다. 말이 좋아 안부 전화지, 언니네의 속마음은 뻔했다. 아침을 먹으며 어머니는 괜스레 당근이 굵게 쓸렸느니, 새싹이 맵다느니 타박이었다. 숙은 어머니의 잔소리에 묵묵부답으로 일관했다. 어머니의 목소리가 점점 커지더니 참깨 드레싱 소스가 묻어 있는 젓가락으로 숙의 접시를 탕탕 쳤다. 숙은 고개를 들어 어머니를 심란한 표정으로 바라봤다. 어머니의 눈은 어떻게 할 거냐고 묻고 있었다.

"엄마는 어쨌으면 좋겠어? 팔까? 팔면? 어떻게 할까?"

파는 것도 문제였다. 사실 따지고 보면 그 땅은 아들 없는 집에서 나중까지 부모와 살고 있었던 숙에게 자연스럽게 명의가 돌아온 것뿐이었다. 만약 그 땅의 가치가 엄청났다면 똑똑한 두 언니가 가만있지 않았을 것이었다. 그냥 불모지였으며, 가치도 없었기 때문에 관심 밖이었다. 그런데 태희 남편이 모두 모인 명절에 물색없이 그 땅의 가치가 어떻다느니 하며 입질한 것이 모두의 관심거리가 되었다. 부동산 일을 하면서 사람이 약아졌다고는 하지만 천성이 어디 가겠는가. 아마도 종국은 공치사를 받고 싶었을 것이었다.

그날 이후 어머니의 전화통은 불이 났다. 어머니는 계속 통화 중이었다. 어느 때는 한숨이 섞였고, 어느 때는 화를 냈으며, 어느 때는 애원하듯 전화기의 목소리가 잦아들었다.

영농사실 확인서를 목줄 삼아 유세를 떠는 주민들 보란 듯이 숙은 매일 밭으로 갔다. 옆 개울에서 물을 길어 싹도 보이지 않는 고랑에 물을 주었다. 처음에는 밭에 가기 위해 장화가 든 큼직한 비닐백을 들고 나서면, 힘들어 어쩌냐고 걱정을 해주던 어머니도 이제는 체념한 듯 한숨만 쉬었다. 그리고 눈만 마주치면 하루에도 몇 번씩 팔자, 팔아서 편히 살자고 재촉했다. 숙은 땅을 팔기만을 바라며 어머니를 쏘삭거리는 그들을 원망하지 않았다.

그 땅은 아버지의 고향이자 숙의 고향이었다. 절대 그 땅을 팔지 않겠다고 스스로에게 맹세했다. 대를 이을 자식은 없지만, 그녀는 자신의 생명이 숨 쉬는 한 고향을 지키고 싶었다. 아버지가 묵묵히 지켰듯이 그녀도 그래야 마음이 편했다. 겉으로는 건보료 어쩌구 했지만, 실상은 고향을 지키고 싶었던 것이었다.

간밤에 단비가 내렸다. 숙은 반가움에 아침 일찍 차를 몰아 밭으로 갔다. 혹시나 뿌린 씨에 싹이 트지는 않았을까 기대했다. 땅은 촉촉해 있었다. 퇴비와 비료 값이 비싸 땅에 충분히 거름을 주지 못해서 그런지 싹이 보이지 않았다. 숙은 혹시나 흙을 너무 두껍게 덮어 씨앗이 못 올라오는 것은 아닌지 우려되어 쪼그려 앉아 일일이 흙을 털어주었다.

식탁 위에 음료수 병이 덩그러니 놓여 있었다. 누가 다녀갔는지 짐작은 갔지만 혹시나 하는 마음에 어머니에게 물었다. 역시 종국이었다.

"지나는 길에 들렀다더라. 박 서방이 요즘 일이 잘 안 풀리는지 비쩍 말랐어."

숙은 그가 어머니를 부추기는 낌새여서 불쾌했다. 얍삽하게 어머니를 앞세워 거간꾼 본색을 드러내고 있다고 단정했다.

"엄마, 그 땅은 내 꺼니까, 내가 알아서 할게요. 절대 태희 신랑한테 미련 갖게 하지 마세요. 아셨죠?"

"오해 마라, 박 서방은 내 건강 걱정만 하다 갔어."

숙은 그를 그만 감싸라고 어머니에게 소리를 질렀다. 밭에서의 속상한 마음을 어머니에게 토해냈다.

"감싸긴 누가 감싸. 확인선지 뭔지 때문에 네가 힘들어하니까 그렇지."

"그러게, 엄마는 뭐하러 툭하면 박 서방한테 미주알고주알

말하는 거야. 나도 엄마 때문에 미치겠어요. 혈육 간에도 재산 때문에 칼부림하는 세상인데 걔네는 막말로 뒤통수치고 안면 몰수하면 그만이야."

"너, 그러면 못 쓴다. 너야말로 무슨 일 있으면 쪼르륵 태희한테 오라 가라 부려 먹더니, 사람이 그러면 못 쓴다, 못 써. 니 언니들은 인제 와서 그 땅에 자신들도 소유권이 있다고 억지 쓰지. 내가 속상해 죽겠다. 이 꼴 저 꼴 보기 전에 내가 죽어야 하는데…."

그동안 숙은 태희 부부를 친동기보다 더 믿고 의지했다. 하지만 열 길 물속은 알아도 한 길 사람 속은 모른다고, 돈 앞에서는 장사 없다고 하지 않던가. 숙은 종국이 의심스러웠다. 얼마 전에 그의 사무실 앞에 작은형부 차가 있는 것을 봤다. 그에게 묻자, 그녀가 잘못 본 것이라 했다. 또 이런 일도 있었다. 밭입구에서 주차하기 위해 후진하며 백미러로 분명히 종국을 보았던 것이다. 그에게 확인서 서명을 받아 달라고 부탁했으므로 어떻게 되어 가는지 물어보려고 밭일하는 내내 그를 기다렸으나 종국은 오지 않았다. 돌아가는 길에 혹시 마을회관 주차장에 그의 차가 있나 싶어 그곳까지 들어가 돌아 나왔다. 그날, 숙은 자신이 잘못 본 거로 생각했다. 그러나 시간이 흐를수록 종국에 대한 의심이 꼬리에 꼬리를 물었다. 차츰 그의 농간으로 자신이 농업경영체 영농사실 확인서를 이장이나 주민들한테 못 받는 것일 수도 있겠다 싶은 의심 아닌 확신이 들기 시작했다.

"이것들이, 내가 얼마나 우습게 보였으면 웃는 낯으로 뒤통수치려 해. 못된 것들. 두고 봐."

숙은 태희네 부부가 미워서 속병이 날 지경이 되었다. 속 시원히 털어놓고 말할 사람도 없었다. 어머니는 그들 부부 말이라면 팥으로 메주를 쒀도 믿을 양반이라 말해 봤자 속만 뒤집힐 것은 뻔한 노릇이었다. 그렇다고 언니들에게 말해 봤자, 그들을 제치고 태희 부부와 엎어져 지내던 것을 고깝게 생각하였기에 누워서 침 뱉기였다.

속앓이만 하던 차에 종국이 어머니를 앞세우고 숙이 일하고 있는 밭으로 왔다.

"처형, 요즘 내가 바빠서 도와 드리지도 못했네요. 집에 들렀다가 어머니 혼자 계시길래 모시고 왔습니다. 어서 나오세요. 늦기 전에 가셔야죠."

숙은 이마에 흐르는 땀방울을 털어내며 그를 쏘아보았다. 종국이 웃으면, 그의 얼굴은 인심 좋은 하회 양반탈이 되었다. 처음 태희가 종국을 인사시켰을 때, 웃는 얼굴에 숙은 두말없이 저렇게 맺힌 데 없이 활짝 웃는 얼굴이라면 믿을만한 사람이라고 생각했었다. 종국이 웃으며 그녀에게 다가왔다. 분노가 치미는 대로 속사포처럼 욕을 한 바가지 쏟고, 그의 얄팍한 속내를 다 알고 있다고 퍼붓고 싶었다. 그러나 입 구멍이 열리기도 전에 숨이 차올라 코가 먼저 벌름거렸다. 밭고랑 한가운데서 땀을 훔치며 헐떡거리는 숙을 보자, 어머니는 저러다 일사병이라도 걸리겠다고 호들갑스럽게 걱정했다. 그는 어머니에게서 물병을 받아 밭고랑을 성큼성큼 걸어왔다. 뻔뻔스럽게 다가와 물병을 건네는 그의 손을 숙은 힘껏 내쳤다. 그가 무척 당황하는 눈치였다.

"아니, 왜 그러십니까, 처형."

'처형이라고 부르지 마, 이 사기꾼아.'라고 숙은 소리 치고 싶었다. 그러나 너무 화가 가슴에 뭉쳐 언어로 구사되지 않았다. 그러나 목청과는 다르게 몸은 울근불근 힘이 솟았다. 숙은 어디서 힘이 솟았는지 다짜고짜 그의 멱살을 잡았다. 그리고 마구 흔들었다. 그러자 목청이 터졌다.

"너가 어떻게 나한테 그럴 수가 있어!"

숙은 바투 쥔 멱살을 손으로 비틀어 더 단단히 거머쥐며 악을 썼다.

"처형, 왜 그러세요, 도대체 내가 뭘 어쨌다고 이러십니까?"

종국은 숙의 손을 거칠게 뿌리쳤다. 숙은 몸의 중심을 잃고 비틀거리며 고랑으로 엎어졌다.

"이놈이!"

 숙은 이를 앙다물고 잽싸게 일어나 다시 달려들어 그의 멱살을 움켜쥐었다. 그가 다시 쳐냈다. 숙은 다시 달려들었다. 이번에는 숙이 그의 멱살을 잡기도 전에 그녀를 밀어냈다. 숙은 나동그라지며 엉덩방아를 찧었다. 숙은 울음을 터트렸다. 울면서 또 그에게 달려들었다. 숙은 밀쳐지면 엎어졌고, 엉덩방아 찧어도 오뚝이처럼 일어났다. 그리고 울부짖으며 그에게 달려들고 달려들었다. 숙의 몰골은 흙먼지에 눈물과 콧물이 뒤범벅되었다.

 어머니가 아픈 다리를 이끌고 그들 곁으로 다가왔다. 숙은 지원군을 얻기라고 한 듯 어머니의 등장에 힘이 솟았다. 숙은 달려들어 멱살을 낚아챘다. 손아귀에서 빠져나가지 않도록 움켜쥔 옷깃을 손아귀로 돌돌 말았다. 숙의 손아귀에 결박 지어진 옷섶은 그가 절대로 빼낼 수 없을 것이었다.

 숙은 어머니에게 그가 얼마나 몹쓸 인간인지 빨리 알려야 했다. 지원군인 어머니와 합세하여 이 전쟁에서 어떤 희생을 치르더라도 땅을 지키기 위해 승리해야만 했다. 그러나 가슴은 답답해 죽겠는데 말이 세상 밖으로 빨리 나와 주질 않았다. 입안에 뭐가 들었는지 혀가 마비되었는지, 마음 같지 않았다. 숙은 악을 쓰며 동동거렸다.

아군이라 믿었던 어머니는 변장하여 매복해 있던 적군이었다. 숙은 그의 멱살을 놓지 않으려 안간힘을 썼다. 그의 멱살을 놓치면 안 되었다. 멱살을 사수하지 못하면 패배하는 것이나 진배없었다. 지원군의 배신으로 인해 사기가 땅바닥에 곤두박질쳐졌다. 이 땅을 모두 그에게 빼앗길 것 같은 두려움에 그의 멱살을 더 세게 비틀어 잡았다. 그는 어머니와 합세하여 그녀의 손가락을 하나하나 떼어냈다.

"숙아, 이 손 놔라. 미쳤나?"

숙은 그녀의 손가락이 하나하나 풀어질 때마다 절망했다. 절망은 숙을 더 악에 받치게 했다. 숙은 손가락이 다 풀리는 순간 온 힘을 다해 그의 얼굴을 향해 머리통을 날렸다. 억. 그가 얼굴을 감싸며 비틀거렸다. 숙은 땅바닥에 퍼질러 앉아 가슴을 들썩이며 엉엉 울었다.

"피, 피 이게 뭔 일이야?"

어머니는 숙의 등짝을 내리쳤다. 종국의 코에서 피가 흘렀다. 그리고 넋 나간 표정으로 숙을 내려다봤다. 그리고는 밭고랑을 성큼성큼 돌아나갔다. 어머니는 그녀에게 단단히 미쳤다고 나무랐다.

"너는 귀가 얇은 게 탈이야. 사람 볼 줄 그렇게 몰라서 세상 어떻게 살아가려고 그래."

숙은 멀어져 가는 그를 독기 어린 눈으로 바라봤다. 내가 해냈다. 숙은 눈물 콧물이 뒤범벅이 된 얼굴을 옷소매로 닦으며 승리의 웃음을 터뜨렸다.

"엄마, 내가 지켰어. 저놈이 해쳐 먹으려는 것을 내가 지켜낸 거야. 저놈은 내 땅 팔아먹으려 한 사기꾼이야."

"얘가 뭔 말을 험하게 하냐? 정신 차려 이것아."

멀어져가던 종국이 숙의 말을 들었는지 갑자기 돌아서서 갈 때보다 더 빠른 걸음으로 다가왔다. 한 손을 머리 위로 높이 쳐들고는 종잇장을 흔들면서 걸어왔다. 마치 숙을 내리치려는 듯했다. 숙은 그가 가까이 다가오자 겁이 났다. 자신도 모르게 두 팔로 얼굴을 가리며 눈을 질끈 감았다. 그가 종잇장을 숙의 얼굴로 던지고는 다시 뒤돌아 성큼성큼 걸었다. 숙의 앞에 떨어진 종잇장은 그렇게도 얻고 싶었던 농업경영체 영농사실 확인서였다. 아무리 농사를 잘 짓는다 해도 절대 영농사실 확인을 해주지 않겠다던 김 노인과 정 노인, 두 양반의 투박한 서명이 떡하니 쓰여 있었다.

어머니는 아픈 다리를 절룩이며 종국을 부르며 쫓아갔다.

"박 서방, 박 서방, 나 좀 보세."

숙은 주저앉은 채 머릿속이 하얘지는 걸 느꼈다. 오해라니!

이럴 때는 머릿속이 더 실타래 엉키듯 복잡해야 할 터인데 도리어 머릿속이 하얘졌다. 숙은 귀를 막고 흔들었다. 그가 확인서를 던지며 했던 말이 그녀의 귓속을 후벼팠다. 아파, 귀가 아파. 숙은 귀를 마구 두드렸다.

"지금까지 날 그런 눈으로 보셨군요."

그의 말은 멈추지 않고 계속 숙의 귀에 떠돌았다. 메아리가 되어 고막을 텅텅 때렸다. 해는 아직도 머리 위에 떠 있는데, 숙의 눈은 까무룩 어두워졌다. 아니, 하얗던 머릿속이 깜깜해졌다. 그러다 하회 양반탈 같은 둥근 것이 눈앞에 둥둥 떠올랐다. 그의 얼굴인지 어머니의 얼굴인지 두꺼비인지 분간할 수는 없었지만, 둥글고 밝은 것이 웃는 듯 따뜻했다. 그리고 숙의 얼굴에서 주름진 보조개가 슬그머니 패었다.

"내 땅이야."

안의 방

그 불안한 파닥거림은 그의 품에 안겨서야 비로소 서서히 잦아들었다

안의 방

 순태는 방 안을 휘젓듯 둘러보았다. 텅 비어 버린 방은 온몸을 냉기로 가득 채웠다. 며칠 전까지 누군가의 온기로 채워져 있던 공간이라고는 믿기지 않을 만큼 뼈 시린 한기가 감돌았다. 찬바람에 얄팍한 속옷 하나가 빨랫줄 위에서 위태롭게 흔들렸다. 흐느적거리는 천 조각은 막 숨이 끊긴 생명체처럼 축 늘어져 그의 시야를 가늘게 흔들었다. 뱀이 허물을 벗듯, 오래 감춰졌던 상처가 드러난 듯한 기시감. 그의 눈에는 그저 흉물스러운 표식처럼 보였다. 순간 그는 그녀의 흔적을 짓밟으려는 듯 방바닥을 주먹으로 내리쳤다.

 "결국, 그 놈한테 간 거겠지."

 투박한 나무 바닥에 긁힌 손등에서 시뻘건 피가 배어 나왔지만 통증은 느껴지지 않았다. 아니, 아픔조차 느끼고 싶지 않았다. 대신 분노가 활화산처럼 그의 머릿속을 후려쳤다. 끓어오르는 비명이 목구멍까지 치밀어 올랐지만, 차마 터뜨릴 수 없어 억지로 눌러 삼켰다.

모란 장날, 허름한 좌판 더미에서 고른 그 촌스러운 속옷을 받아 들며 안이 지었던 환한 미소. 세상 모든 것을 얻은 듯 눈부셨던 그 미소가 찰나의 환영처럼 그의 뇌리를 스치자, 그는 악에 받쳐 여자의 속옷을 움켜쥐고 거칠게 찢어발겼다. 찢어진 천 조각들은 생기를 잃고 바닥에 흩뿌려졌다. 한때 뜨거웠던 무언가가 산산조각이 난 것처럼. 그 나풀거림 속에서 그의 절규가 공간의 숨통을 무자비하게 조여 왔다. 그는 끔찍한 기억을 영원히 봉인하려는 듯이 흩어진 천 조각을 꾹꾹 눌러 비닐봉지에 구겨 넣었다.

방 한쪽의 스파트필름 화분 뒤에서 털이 성긴 고양이 한 마리가 슬금슬금 꼬리를 감추며 숨었다. 고양이는 그의 살기 어린 시선을 피하듯 축 처진 잎사귀들 사이로 사라졌다. 그는 벽걸이 거울 앞으로 다가섰다. 거울 속에는 늙고 초라한 사내가 서 있었다. 붉게 충혈된 눈동자, 미간에 깊게 팬 세로 주름, 일그러진 얼굴. 스스로에게도 공포를 안겨줄 만큼 섬뜩한 형상이었다. 그는 거울 속에 갇힌 초로의 자신에게 침을 뱉었다. 거울 속 사내의 눈동자가 흔들렸다. 분노가 가라앉자, 낯선 자조감이 물밀듯이 밀려왔다.

"등신 같으니. 모든 게 다 내 탓이야."

그의 목소리는 갈라졌다. 자신을 향한 증오와 함께, 그 안에 깊게 박힌 무언의 죄책감이 덧씌워졌다.

*

그녀가 사라지기 며칠 전이었다. 그는 식당 앞 골목에서 그녀가 나오기를 기다렸다. 지난밤, 잠결에 그녀가 팔베개를 슬며시 빼내며 돌아눕던 그 새벽의 한기가 여태껏 그의 가슴을 에었다. 영 마음에 켕기는 잔상이었다.

불이 켜진 식당 안은 훤히 들여다보였다. 좁은 공간에는 테이블 몇 개가 텅 비어 있었다. 아무도 없다고 생각한 그는 식당 안으로 들어가기 위해 걸음을 떼려다 문뜩 멈췄다. 식당의 겉유리에 쓰인 상호 때문에 가려져 잘 보이지 않던 구석진 자리에 한 손님이 아직 남아 있었다. 아니, 한 손님이 아니라 한 남자였다.

그녀는 느린 걸음으로 남자 혼자 앉아 술을 마시는 테이블로 향했다. 남자가 등받이에 기대어 앉은 자세 그대로 고개만 들어 안을 올려다보았다. 짧은 대화가 오갔을까, 이내 그녀의 머리가 뒤로 젖혀지며 밝고 경쾌한 웃음소리가 희미하게 새어 나왔다. 남자의 테이블 위에는 소주병 대신 처음 보는 이국적인 술병이 놓여 있었다.

그녀는 세상 모든 빛을 담은 듯한 미소를 터뜨리고 있었다. 모란 장날 촌스러운 속옷을 들고 자신에게 지어 보였던 그 환한 웃음이었다. 아니, 어쩌면 그때보다 더 환하고 더 꾸밈없는 웃음인 듯 보였다.

식당 주인은 보이지 않았다. 그녀가 식당에서 일하는 시간은 오전 열 시부터 밤 열 시까지 열두 시간이었다. 지금쯤이면 정산하기 위해 주인이 계산대 앞에 앉아 있어야 했다. 순태의 눈동자가 흔들렸다. 그녀가 저렇게 환하게 웃었던 적이 있었던가. 그토록 혹독했던 겨울을 서로의 온기로 견디며 지냈던 날들조차 그녀의 웃음은 옅은 미소이거나 마지못한 피식거림에 가까웠다.

그의 가슴속에서 차가운 의심의 불씨가 서서히 피어올랐다. 그녀의 환한 웃음은 그 남자를 향한 것이었기에 의심은 확신이 되어 뜨겁게 활활 타올랐다.

지난밤 순태가 막 잠이 들 무렵, 그녀는 그의 팔을 베고 자는 게 지겹다는 듯, 차가운 등을 보이며 놀아누웠다. 그의 옆구리에서 스르륵 빠져나가던 그녀의 팔이 떠올랐다. 뒤척이는 그를 모르는 척 등만 보이며 미동도 없던 그녀의 모습. 얼음장 같았다. 그는 자신이 지은 집에, 그 온기를 애써 불어넣으려 했던 공간 안에, 어쩌면 낯모를 불길한 무엇이 똬리 틀듯이 도사리고 있는 건 아닐까 하는 섬뜩한 의심에 사로잡혔다. 등에 비수가 꽂힌 듯 쭈뼛한 불길한 기분이었다. 그의 머릿속은 식당 안에서 남자를 향해 환하게 웃고 있던 그녀의 모습으로 인해 부정의 의심으로 혼란스러웠다.

*

며칠 후, 저녁 귀갓길에 빗소리가 유난히도 맹렬했다. 비에 젖어 축 늘어진 스파트필름 잎들이 창밖의 어둠 속에서 흔들렸다. 순태는 집을 향해 발걸음을 빨리 재촉했다. 둔탁한 워커 소리가 빗소리에 섞여 희미해질 때쯤, 방문을 열고 들어선 그의 귀에 낮은 흐느낌이 들렸다. 흐느낌 속에 섞여들던 알아들을 수 없는 베트남어.

그녀는 화들짝 놀라며 몸을 움찔거렸다. 그리고 재빨리 품에 안고 있던 무언가를 등 뒤로 감췄다. 그녀의 눈동자는 공포와 당혹감으로 가득 차 있었다. 순태는 서늘한 시선으로 그녀의 떨리는 입술과 애써 숨기려 하는 손바닥 속의 무언가를 응시했다.

"뭐야, 그거?"

순태의 목소리는 땅에 듣는 빗소리보다 더 낮게 깔렸다. 의심의 뿌리가 그의 가슴에 덩굴처럼 파고들어 서서히 숨통을 조여 왔다.

"아무것도 아니에요."

그녀의 말투는 어눌했지만, 그 한마디에 모든 것을 차단하려는 듯 어조가 또렷했다. 그 어조는 그의 신경을 날카롭게 긁었다. 자신에게 말문을 닫는 그녀의 모습에 분노가 치밀었다. 그는 성큼 다가가 그녀의 손목을 움켜쥐었다. 그녀의 손목은 금방이라도 부러질 듯 너무도 가냘팠다. 그때 사진 한 장이 바닥으로 툭 떨어졌다. 그녀는 당황하며 얼른 사진을 주워들어 등 뒤로 감췄다.

"아무것도 아닌데 왜 숨겨?"

순태는 눈을 치뜨며, 그녀의 눈을 똑바로 응시했다. 그녀의 눈빛도 흔들림 없이 그를 마주했다. 그녀의 투명한 시선 속에 숨길 수 없는 단호한 결단이 엿보였다. 그의 관심을 집착으로 착각해서 거부하는 듯한 그녀의 차가운 눈빛에 순태는 움찔하며 시선을 흐렸다.

"아저씨는… 모를 거예요."

안은 차분하게 말했지만, 그 속에는 단호한 선이 그어져 있었다. 그 선은 그들 사이에 깊고 넓은 강물을 만들어 놓은 듯이 멀게 느껴졌다. 비록 그녀를 안전하게 보호하고자 하였지만 그녀의 마음속에는 그가 닿지 못할 심연의 짙은 불신과 불안이 깔려 있는 듯했다. 아무것도 모를 거라는 그녀의 말은 그가 얼마나 그녀의 세계에 발을 들여놓지 못했는지 잔인하게 일깨웠다.

순간 분노가 다시금 그의 이성을 집어삼켰다. 지난번보다 훨씬 거친 파도가 그의 내면을 할퀴었다. 그의 머릿속은 '나는 등신이었다. 내가 또 등신이 될 뻔했다.'라는 생각으로 시끄럽게 울렸다. 잃어버린 딸, 도망쳐 버린 광양 여인…, 과거의 상처가 비릿한 피 냄새처럼 목구멍을 타고 올라왔다. 그의 턱은 굳게 다물렸다. 더 이상 어떤 말도 할 수 없었다. 그의 심장은 서늘하게 식어갔다.

그 밤, 그는 등을 돌린 채 잠들었다. 침묵이 방을 압도했다. 비 내리는 소리가 세상의 모든 소리를 빨아들이는 듯했다. 침묵과 고립으로 스파트필름의 잎사귀는 어둠 속으로 무겁게 끌어내려졌다.

한때 순태는 한곳에 진득이 있질 못했다. 그의 발은 항상 다음 목적지를 갈망하는 듯했다. 그는 이 지긋지긋한 충동을 몹

쓸 역마살이라 불렀다. 하지만 그건 단순히 떠돌고 싶다는 충동이 아니었다. 무언가에 쫓기는 듯, 혹은 무언가로부터 도망치는 듯한 발버둥이었다.

송신증疎神症. 그는 자신 안의 역신을 떠나보내고 싶은 병이라 굳게 믿었다. 심장이 답답해지고, 온몸의 뼈마디가 근질거려 잠 못 이루는 밤이 이어지면, 그날로부터 달포를 넘기지 못하고 그는 짐가방을 둘러멨다. 기약 없이, 그저 여기만 아니면 돼! 하는 생각으로 훌쩍 떠났다.

'내가 또 도망쳤구나.'

그는 새로운 곳에 도착할 때마다 이 한숨 같은 문장을 중얼거렸다. 어쩌면 그건 지난날 자신이 저버렸던 삶과 관계들에 대한 무의식적인 도피였을지도 모른다고.

미혼모였던 그의 생모는 그가 열 살 되던 해에 팔자 고쳐 떠났지만 한 해도 못살고 병들어 죽었다. 외가에서 눈칫밥으로 잔뼈가 굵어지자 고향을 떠났다. 발 닿는 곳에 잠시 머물며 닥치는 대로 일거리를 찾았다. 그러다가 사십 중반에 광양에서 한 여인을 만났다. 그에게 따뜻한 고봉밥을 차려주고 그를 그녀의 방에 들였다.

땀에 절어 들어온 그를 푸근하게 안아 재워주었다. 그는 그녀의 배가 서서히 불러오자 정착을 위해 혼신을 다해 밤낮없이 일했다. 매일 밤 그녀의 배와 통장에 숫자가 불어나는 것을 보며 행복했다. 그는 그녀에게 모든 것을 맡겼다. 하지만 여인은 그를 배신하고 모든 것을 쓸어 자취를 감췄다. 아무도 그녀에 대해 아는 이가 없었다. 오랫동안 그녀의 흔적을 쫓아 헤맸다. 몇 년 후에 모녀의 소식을 찾았지만 이미 모든 것을 잃어버린 뒤였다.

후회가 그의 가슴을 짓눌렀다. 태어나자마자 보육원에 버려져야만 했던 딸아이에 대한 죄책감. 어쩌면 그 모든 것들이 순태를 한곳에 정착하지 못하게 만드는 굴레일지도 몰랐다. 그 후부터 그는 가진 돈이 떨어지고 더 이상 갈 곳이 없을 때 비로소 발길이 멈추면 그곳이 잠시 머물 곳이 되었다. 그저 숨만 돌릴 뿐, 뿌리 내릴 생각은 조금도 하지 않았다.

그의 삶은 끝없는 방황이었다. 바람에 떠도는 낙엽처럼 혹은 죄지은 자가 속죄를 찾아 헤매는 것처럼. 그나마 늙고 병들어 부르는 곳도, 갈 곳도 없을 때를 대비해 장만했다는 이 비루한 거처가 그에게는 유일한 안식처였다. 비록 시유지에 지어진 무허가 건물이라 언제 철거될지 모르지만 그래도 두 발 뻗고 누울 곳이 있다는 것이 그의 불안정한 삶에 작은 위로가 되었다. 하지만 여전히 그의 마음 한구석에는 곪아 터지기 직전의 상처가 고름처럼 고여 있었다. 바로 자신에게서 도망친 모든 이들에 대한 원망과 스스로가 도망쳤다는 뼈아픈 죄의식이었다.

 그렇기에 그는 안이 자신의 품을 벗어나 도망치려 한다는 생각이 들 때마다 광기 어린 분노에 휩싸였다. 다시는 누구에게도 도망칠 기회를 주지 않으리라. 어둠 속에서 축 늘어진 스파트필름 잎을 보며, 순태는 밤새도록 고통스러운 뒤척임을 이어갔다. 그의 등 뒤에 누운 그녀는 미동도 없이 얼음처럼 차가웠다.

*

 일 년 전쯤이었다. 보름간 외지에서 일하고 돌아온 순태는 늘 가는 역전 뒷골목 단골식당엘 들렀다. 그사이 종업원이 바뀌어 있었다. 주인이 주방에서 음식을 낼 때마다 안, 안 하고 부른 것으로 보아 그녀의 이름이 안인 듯했다. 그는 호기심 반 객기 반으로 그녀에게 물었다.

"안, 필리핀? 베트남?"

"네."

 짧은 대답, 낯선 억양. 그녀의 우답이 어이없었지만, 그녀의 눈빛은 이상하게 그의 마음을 간질였다. 별걸 다 묻는다며 주인여자가 퉁명스럽게 면박을 놓았다.

 지방으로 일을 다녀오느라 근 한 달 만에 식당을 찾았다. 그녀는 수줍어 보였지만, 그의 시선을 마주하는 눈빛은 반가움으로 환히 빛났다. 테이블에 주섬주섬 반찬을 놓으며 그녀는 눈빛 반, 단어 반으로 무슨 일 있었느냐는 의미를 어눌하게 물었다. 굳이 그의 대답을 바라는 것은 아닌 듯싶었다. 그는 관심을 보이는 그녀가 싫지 않았다. 타국인이었지만 그래도 젊은 여자였다. 도리상 그는 그녀에게 군침을 삼킬 수 없었다.

'암 고따위 맴을 먹으면 내가 도둑놈이여. 똑, 딸만큼이고만.'

혼자만의 독백은 자신 안의 짐승을 단속하는 그의 방식이었다. 그녀는 바쁜 와중에도 간간이 그에게 신경을 쓰는 듯했다. 그는 아무 말 없이 밥을 다 먹은 후 소주를 한 병 더 시켜 남은 반찬을 안주 삼아 술잔을 비웠다. 쓴 술이 목구멍을 태웠다.

그때였다. 주인 여자가 어디선가 걸려 온 전화를 받자마자 다급한 목소리로 그녀를 불렀다. 그녀는 앞치마도 벗지 못한 채 허둥대며 주방 뒷문으로 빠져나갔다. 이어서 식당 문이 열리고, 거친 인상의 남자 셋이 들이닥쳤다. 그들은 모두 점퍼 차림이었고, 한 사내가 주인 여자와 옥신각신하더니 주방 쪽으로 들어가 뒷문을 열고 나갔다가 다시 들어왔다.

"다 알고 왔는데…, 빼돌리면 과태료만 물리는 게 아니라, 영업정지까지 돼요!"

순태는 대충 상황을 짐작했다. 그들은 출입국 단속 직원일 테고 그들이 찾는 사람은 그녀가 분명할 것이다. 그는 조용히 계산대로 가서 음식값을 계산하고 식당을 나왔다. 집으로 향하는 발걸음이 무겁게 느껴졌다. 그녀가 불법체류자라는 사실이 순태의 마음을 복잡하게 휘저었다. 식당을 나와 비탈진 골목을 천천히 올라가는데, 은근히 그녀가 걱정되었다. 사내들에게 들켜 보호소로 끌려갈 것만 같았다. 입맛이 썼다. 아니, 쓰디쓴 무엇이 목구멍을 타고 흘렀다.

"아저씨, 아저씨!"

아주 작고 겁먹은 목소리가 좁은 골목 한쪽에서 들려왔다. 그는 고개를 돌려 소리가 들려온 곳을 바라보았지만, 너무 어두워 잘 보이지 않았다. 잘못 들었나 싶어 다시 걸음을 옮기려 할 때, 조금 전의 목소리가 어눌하지만 다급하게 다시 들려왔다.

"아저씨, 저요, 여기요."

그녀는 식당에서 일하던 옷차림 그대로라 추위에 오들오들 떨고 있었다. 쭈그리고 앉아 잔뜩 움츠린 채, 살려달라는 듯 그를 올려다보는 그녀의 눈에는 뚜렷이 공포가 서려 있었다. 얼어붙은 밤공기 속에 홀로 내팽개쳐진 작은 존재. 순태는 그 모습을 보는 순간 오래전 보육원에 버려져야만 했던 딸아이의 얼굴이 떠올랐다. 세상에 홀로 버려진 작고 연약했을 아이. 그는 그때 아무것도 해주지 못했다. 버려진다는 것이 얼마나 아프고 두려운 일인지 알면서도 어쩌지 못했던 자신의 무능력했던 과거가 되살아나 심장을 찔러댔다. 그래서 그는 두려움에 떨고 있는 그녀를 외면할 수 없었다.

  그녀를 그의 집으로 데리고 갔다. 안은 숨을 곳이 필요했으므로 경계할 겨를도 없이 그를 따랐다. 멀리서 커어엉 커어엉, 개 짖는 소리가 들려왔다. 그 소리는 두려움에 떨며 낯선 곳으로 향하는 안의 처지를 대변하는 듯 처량하게 허공을 갈랐다.

*

  순태의 거처는 비록 시유지에 지어진 무허가 건물이지만, 몸을 숨길 수 있는 것만으로도 그녀에게는 너무도 큰 위안이 된 듯 보였다. 창문을 열면 다닥다닥 붙은 판잣집들이 한숨처럼 낮게 웅크리고 있는 풍경이 펼쳐졌다. 안은 그 낯선 공간의 맨 안쪽에 그림자처럼 납작 엎드려 있었다. 숨을 곳이 필요했던 그녀는 말없이 그를 따랐고, 그는 그녀의 그런 순응적인 태도에 묘한 책임감을 느꼈다. 어쩌면 그건 지난날 버려진 딸아이에게 해주지 못했던 '지켜줌'에 대한 뒤늦은 속죄일지도 몰랐다.

"누가 와서 문 두드려도 절대 열어주면 안 돼."

그는 일하러 갈 때마다 그녀에게 신신당부했다. 그녀가 알아들을 수 있을까 의심스러워 똑같은 말을 반복했다. 그녀는 그저 큰 눈을 끔벅이며 고개를 끄덕일 뿐이었다.

"절대 내가 없을 때는 형광등을 켜면 안 돼."

그녀는 말문을 닫고 눈만 깜빡이며 고개를 끄덕일 뿐이었다. 순태는 그녀가 말귀를 알아들었는지 확신할 수 없었다. 그녀가 혹시라도 위험에 처할까 봐, 혹은 그녀가 사라져 버릴까 봐 발걸음이 쉽게 떨어지지 않았다. 그는 안을 감옥에 가둔 죄수처럼, 아니, 자신이 안의 죄수가 되어 갇히듯 당부하고 또 당부했다.

그는 보지 않아도 그녀 혼자 있는 시간의 모습을 짐작할 수 있었다.

그녀는 그가 없는 시간 동안 스파트필름 잎 끝의 물방울을 오래 바라보곤 했을 것이다. 그가 없는 동안 방에서 숨만 쉬듯 존재하면서 생리적 욕구를 억제하기 위해 목이 말라도 물을 마시지 않고 모든 촉각은 밖을 향해 곤두세웠을 것이다. 지나가는 온갖 소리에 가슴 조이다가 둔탁한 그의 워커 소리가 멀리서 들려오면, 묘한 안도감과 왠지 모를 불안한 마음을 함께 느꼈을 것이다. 반가움조차 드러내어 표현하는 것도 조심스러워

다만 판자문 앞에서 기도하듯 그를 반길 뿐이었을 것이다.

 그는 판자문을 열고 들어서며 곁눈으로 그녀의 안전을 확인했다. 그녀가 서 있는 공간은 어두웠지만 그녀의 눈동자는 빛났다. 생기 없는 방에서 유일하게 반짝이는 빛이었다. 문 앞에서 조금 비켜선 그녀를 위해 얼른 문을 닫고 부엌을 지나 열려 있는 방으로 들어서면, 그녀는 소리 없이 다가와 그의 뒤에 섰다. 주인을 기다린 충견처럼, 혹은 외로운 유령처럼. 그가 돌아서서 그녀를 안으면 그녀의 가슴은 작은 새처럼 파닥였다. 그 불안한 파닥거림은 그의 품에 안겨서야 비로소 서서히 잦아들었다. 그는 오래오래 그녀의 등을 쓰다듬었다. 자신의 지지리 궁상맞은 삶 속에서 놓치지 않으려는 마지막 온기처럼. 작고 따뜻한 온기가 자신의 얼어붙은 심장을 조금씩 녹여주는 듯했다.

 그러나 때때로 그는 그녀의 눈빛 속에서 섬광처럼 스쳐 가는 알 수 없는 감정을 읽어냈다.

 비 오던 날 밤 그가 마주했던 안의 차갑고 옹골졌던 눈빛, 그리고 "아저씨는… 나를 잘… 몰라요."라고 했던 어설프지만 단호했던 목소리. 그는 그녀의 모든 것을 알지 못했다. 알 수 없는 깊이, 감춰진 세계가 그녀 안에 존재했다. 그는 안을 감싸 안은 채, 그녀의 닫힌 세계 속에 숨겨진 비밀의 문을 열고자 골몰

했다. 하지만 그 문은 너무도 견고하기에 상념은 미로가 되어 그의 분별을 들쑤셨고, 알 수 없는 불길함은 불안과 의심을 점유하여 더 깊고 집요하게 그의 마음을 잠식해 들어갔다. 그리고 그 잔상들은 뚜렷이 그의 뇌리에 머물며 시도 때도 없이 그를 괴롭혔다.

*

 며칠 뒤, 허락 없이 떠나는 것도 아니지만, 짐을 꾸리는 그는 마음이 불편했다. 언제든 제멋대로 떠나왔던 과거의 자신과 다르게 이제 그는 남겨진 안이 못내 신경 쓰였다. 그는 안이 쓸 돈을 놓아두고 문단속을 신신당부하며 발걸음을 뗐다. 하지만 그의 마음속 의심은 사방에 쳐진 거미줄처럼 그를 조여 왔다. 공사 현장을 따라 지방에 있는 동안에도 그는 자신의 존재를 매일 그녀에게 확인시켰다. 통화가 안 되는 날에는 일손도 놓고 금방이라도 뛰쳐 올라갈 듯이 안절부절못했다.

 그러나 불안은 현실이 되어 그의 앞에 내동댕이쳐졌다. 몇 날을 그녀를 찾아 헤맸다. 처음에는 요절이라도 낼 듯한 분노가 정수리를 뚫어버릴 것처럼 주체할 수 없었다. 그녀에 대해 몰라도 너무 몰랐다.

 그동안 그는 그녀에 관해 보고 싶은 것만 보고 듣고 싶은 것만 들으며 믿고 싶은 것만 선택했음을 깨달았다. 수소문한 끝에 그녀가 집중 단속에 적발되어 보호소로 끌려갔다는 소식을 식당에서 본 남자로부터 들었다. 안의 상황을 자세히 듣고 싶었지만 그 남자는 잘 모른다는 말만 되풀이하며 서둘러 자리를 떴다. 그토록 꽁꽁 숨어 있으라고 했건만 그녀는 왜 위험하게 외국인 숙소를 기웃거렸을까.

 방바닥에 널브러진 옷가지를 발로 툭 쓸며 벽에 걸린 거울을 응시했다. 거울 속 그의 눈은 며칠 새 깊이를 알 수 없는 불안과 초조함으로 움푹 꺼졌다. 안은 무사할까? 내일은 보호소를 찾아가야겠다고 생각하며 방바닥에 쓰러지듯 드러누웠다. 그녀의 소식을 알았기에 불신과 분노는 사라졌지만, 그녀를 끝내 잃어버릴지 모른다는 불안과 두려움에 심장이 터질 듯이 타들어 갔다.
 그는 문득 그녀가 아끼던 스파트필름을 바라보았다. 그동안은 그저 흔한 화분 중 하나라고 생각했는데, 자세히 보니 잎사귀 하나하나에 정성이 느껴졌다. 안은 그 화분에 물을 줄 때면 언제나 엷은 미소를 머금었다. 잎이 축 늘어져 있으면 조심스레 쓰다듬어 윤기를 살렸고, 꽃의 끝이 누렇게 빛을 잃고 수술을 드러내자 슬픔에 잠긴 눈빛으로 엄마 잃은 아이를 보듬듯이 수술을 양손에 담았다. 오래도록 애틋하게 보듬어온 귀한 존재처럼.

그때였다. 화분 옆 책상 아래 깊숙이 밀려 있던 종이 꾸러미가 그의 눈에 들어왔다.

어느새 그의 손은 의심의 촉수가 되어 본능적으로 그곳을 향했다. 급한 마음과는 달리 그의 손은 누런 봉투 속의 내용물을 조심스레 꺼냈다. 서류인 듯 보이는 더미의 맨 위에 모서리가 닳고 낡은 사진 한 장이 얹혀 있었다. 그녀와 함께 찍힌 아이. 동그란 눈, 어정쩡한 웃음, 손에 쥔 조그만 인형. 그 아이의 옆에는 익숙한 스파트필름이 있었다. 다만, 순태의 화분과는 달리, 사진 속의 스파트필름은 세 송이의 꽃이 수술을 감싸 안듯이 피어 있었다. 흰 꽃잎들은 햇살 아래 자기들만의 은어를 속삭이는 듯 반짝였다.

그 사진이 그의 마음을 붙잡았다. 해어진 모서리는 마치 사진 속 숨겨진 사연만큼이나 그의 심장을 갉아댔다. 비밀스러운 안의 뒷모습을 대신 보는 것 같았다. 지난번 그녀가 품에 안고 있던 것이 바로 이것이었군. 순태는 의심과 불안에 휩싸여 사진을 응시했다.

방바닥에 엎드려 얼마 동안이나 사진에 몰두했을까, 불현듯 그 꾸러미가 궁금해졌다. 꾸러미 속의 서류들은 베트남어였다.

한 글자도 알아볼 수 없었다. 종이 끝에 희미하게 인쇄된 병원 로고와 이름, 그리고 뒷면에 붙어 있던 작은 출생증명서를 제외하곤.

그는 불안한 마음을 억누르며 다문화지원센터를 찾아가서 종이 뭉치를 내밀었다.
"이거, 좀 봐줘요. 안이… 남기고 간 거 같아서."
그의 목소리는 알 수 없는 불안감에 미세하게 떨렸다. 잔잔한 표정의 상담사는 이미 그 서류의 내용을 알고 있는 듯했다. 상담사는 조심스레 고개를 들며, 그에게 안과 어떤 사이냐고 물었다. 그녀의 교양 있는 어투와 달리, 억양이 어딘지 모르게 안과 닮아 있었다. 선뜻 말 못하고 머뭇거리는 그의 태도를 보며 그녀는 짐작하겠다는 표정으로 고개를 끄덕였다. 그를 바라보는 그녀의 눈빛에 동정심과 안타까움이 교차하는 듯했다. 그녀가 종이 뭉치를 뒤적인 후, 종이 한 장을 펼치며 조심스럽게 말했다.
"이 서류… 대리모 계약서예요."
순태의 등줄기에 냉기가 흘렀다. 벼락이라도 맞은 듯 온몸의 피가 역류하는 듯했다. 머릿속이 새하얗게 비워졌다.
"그럼, 아이는?"

그의 목소리가 탁하게 갈라졌다. 상담사는 조심스럽게 말을 이어갔다.

"안과 혈연관계는 없습니다. 병원 기록에 따르면, 산모는 자궁수축 부전으로 출산 직후 과다 출혈로 사망했습니다. 한국인 불임 부부가 베트남인으로 대리모를 구한 건인데…, 출산 직후 아이가 인계되지 않았습니다. 그래서 아이는 위탁 후에 별도의 보호소로 보내졌고요. 하지만 안은 아이를 포기하지 않았습니다. 몇 년 뒤, 다시 아이를 찾아 베트남의 호찌민에 있는 보육원으로 데려갔어요. 그리고 최근… 그녀가 다시 돌아와 일하던 중에 단속에 걸렸다는군요."

그로서는 이해할 수 없었다. 안의 아이가 아니란 말인가? 상담사는 이런 일이 간혹 발생한다고 했다. 그녀는 몇 장의 종이를 넘기더니, 어느 한 장에서 알아볼 수 없는 문구들을 손가락으로 짚었다.

계약 위반. 의료비 미지급. 아이 인계 무산. 그리고… 양육 책임의 전가….

그와 눈이 마주치자 상담사는 눈길을 피하며 문구의 내용을 이해시키기 위해 설명을 이어갔다.

아이 생모가 아이를 낳다가 죽었고, 법적 문제가 발생할 것을 꺼려 한국인 부부가 연락을 끊었다. 친자매 같은 안이 모든 걸 책임지고….

이 상황을 그로서는 도저히 이해할 수 없었다. 상담사의 말을 더 이상 들을 가치가 없다고 판단되었다. 그가 자리에서 벌떡 일어났다. 그 순간 조심스러웠던 그녀의 목소리가 급한 듯 커졌다가 이내 사그라들며 말끝을 흐렸다.

"그런데…, 안도 결국 단속에 걸려 본국 송환 대상이 되었습니다. 그리고 이송하던 중에 불법체류자들이 송환을 거부하고 도주를… 시도하다가… 교통사고로… 현장에서 사망했다고 합니다."

그의 귀가 멍멍해졌다. 세상의 소리가 귀에 담기지 않고 허공으로 흩어졌다. 순태의 귓가에는 오직 '사망했습니다'라는 말만이 비수처럼 박혀 메아리쳤다.

*

그는 자리를 박차고 나왔다. 등줄기가 벌겋게 달아오른 듯 뜨거웠고 머릿속은 시끄럽게 웅웅 울렸다. 그의 마음을 잠식했던 의심은 이제 경악과 분노가 되어 그의 심장을 찢어발겼다.

"그래서…, 그래서, 그려그려…. 그때 그렇게 울었구먼. 자식이 아니라, 지가 떠맡은 짐이었던 거구먼."

걸음을 멈췄다. 거친 바람에 옷깃이 요동쳤다. 모서리가 닳아 해어진 사진이 바지 주머니에서 빠져나올 듯 펄럭였다. 그는 사진을 꺼냈다. 눈이 큰 아이와 그녀가 있고 배경처럼 그 옆에는 스파트필름이 있었다. 사진 속 스파트필름의 희고 애틋한 꽃잎이 안의 억울한 눈물인 양 그의 눈앞에서 흔들리는 듯했다. 그 모든 감춰진 진실과 마주한 순태의 발길은 한없이 무거웠다.

순태는 대리모 계약서 뭉치를 들고 집으로 돌아왔다. 머릿속이 여전히 웅웅거렸다. 판자문을 열자 훅하고 퀴퀴하니 큼큼한 습기가 얼굴을 덮쳤다. 방 안에는 아무런 기척도 느낄 수 없었다. 그녀가 죽었다는 것을 두 귀로 들었지만 믿을 수가 없었다. 그는 방안에 대고 축축하게 그녀의 이름을 불렀다.

"안? 안?"

텅 빈 방 안에서 그의 목소리만 메아리쳤다. 창가에 놓인 스파트필름의 잎은 누렇게 뜨고 꽃은 수술과 함께 대공이 말라 꺾여 슬퍼 보였다. 안의 죽음을 애도하듯이. 그는 방 안을 휘젓듯 둘러보았다. 그녀가 사라진 지금, 이 공간은 그가 처음 그녀를 잃었을 때와 같은 한기로 가득 찼다. 그날 찢어발겼던 속옷의 흔적은 그에게 흉물스러운 표식으로 남아 있었다.

주머니에서 사진을 꺼내 서류와 함께 책상 위에 던졌다. 사진은 그를 희롱하듯 팔랑이며 방바닥으로 떨어져 희끗하게 속살을 드러내듯 뒤집혔다. 생각지도 않았던 사진 뒷면에 서툰 한글로 적힌 글자가 보였다.

 만일에 무슨 일이 생긴다면 아이를 찾아주세요. 부탁할 곳이 아저씨뿐입니다. 미안합니다. 아이 이름은 까인입니다. 호찌민 보육원에 있습니다.

 글씨는 삐뚤빼뚤했지만 그 안에 담긴 의미는 순태의 심장을 찌르듯 선명했다. 아직 끝내지 못한 약속을 지키고자 하는 책임감이 그의 뇌리를 스쳤다. 그제야 모든 것의 아귀가 선명해졌다. 그 남자는 아마도 아이에 관한 소식을 전해주던 사람일 것이다. 악에 받쳐 속옷을 찢어발기던 그 날의 행동이 떠올라 수치스럽게 그의 가슴을 후벼팠다. 그는 가슴을 탕탕 두드리며 꺽꺽댔다.
 비가 내리기 시작했다. 불도 켜지 않은 컴컴한 방에 퍼질러 앉아 안의 사진을 뚫어지게 노려봤다. 그리곤 머리를 세차게 흔들었다. 자신을 믿지 못한 그녀를 원망했다. 아니 그녀에게 마음을 허락하지 못했던 자신의 좁은 마음에 분노했다. 오래전 광양 여인과 딸을 떠나보낸 순간, 그때의 공허함과 죄책감이 다시금 그를 덮쳤다. 하지만 이번에는 달랐다. 그는 도망치지 않을 것이다. 끔찍한 기억을 봉인하듯 찢어진 속옷을 비닐봉지에 구겨 넣었던 그 날과는 달리, 이제 그는 모든 것을 마주할 준비가 되어 있었다.

"내가 도망쳐서, 내가 버려서…, 그래서 안이 혼자 다 감당했던 거구먼."

그는 책상에 앉아 종이 한 장을 꺼냈다. 그리고 떨리는 손으로 좌표를 찍듯 한 자씩 또렷이 썼다.

베트남, 호찌민, 보육원, 까인, 안의 죽음

역마살 있는 발이 다시 한 번 그를 어딘가로 이끌 것이다. 하시만 이번에는 도망치기 위해서가 아니라 만나기 위해서, 그가 평생 회피하며 도망쳤던 책임을 짊어지기 위해서였다. 텅 빈 방에서 순태는 밤새도록 울었다. 아무도 보는 사람 없는데, 그는 입을 틀어막고 꺽꺽 울었다. 그날 밤, 그는 오래전 떠났던 광양 여인과 딸의 얼굴이 겹쳐 보였다. 모든 것이 무너져버린 이 작은 방 안에서, 그는 생각했다. 그리고 남은 것은 단 하나, 속죄를 위해 결정했다. 안의 아이. 그녀가 지키지 못한 삶을 그가 대신 짊어지기로 마음먹었다.

*

 순태는 낡은 배낭 하나를 짊어지고 허름한 여권을 움켜쥐었다. 베트남 행 비행기 표는 그의 오랜 방랑벽의 결과물이었다. 한때 발길 닿는 대로 떠돌던 삶의 흔적이 여권 곳곳에 얼룩져 있었다.

 그의 뼈아픈 역마살은 이번만큼은 도망치기 위한 것이 아니었다. 광양 여인의 죽음을 뒤늦게 듣고 딸을 찾기 위해 보육원으로 갔지만 이미 타국으로 입양 간 후였다. 평생 관계에 얽매이기 싫어 회피하며 살았던 죄 많은 삶이었다. 죄책감이 그의 발걸음을 베트남으로 이끌었다. 그는 낡은 여권을 손에 쥐고 사진 속 아이의 얼굴을 다시 한 번 찬찬히 살폈다. 동그란 눈, 어정쩡한 웃음. 이제 그의 유일한 목표는 우선 그 아이를 만나는 것이었다.

 길고 지루한 비행시간 내내 순태는 거의 잠들지 못했다. 비행기 창밖으로 보이는 도시의 불빛들이 점처럼 스쳐 지나갔다. 저 아래 어디쯤, 안의 아이가 살아 숨 쉬고 있을까. 이민국 직원에게 쫓기던 안의 뒷모습, 불안하게 떨리던 안의 눈동자, 그리고 품에 감추려던 서류 뭉치가 끊임없이 그의 뇌리를 스쳤다. 자신의 의심이 얼마나 잔인했는지 뒤늦은 후회가 파도처럼 밀려왔다. 그녀의 단호한 눈빛 뒤에 숨겨진 그 깊이를 그때는 알지 못했다.

호찌민의 공항 문을 나서는 순간, 눅눅하고 묵직한 공기가 밀려들었다. 오토바이 엔진 소리와 매캐한 배기가스 냄새, 길가의 튀김기름 냄새가 한꺼번에 코를 파고들었다. 거리는 끊임없이 움직였다. 헬멧을 쓴 사람들, 한 손에 커피를 든 상인, 구멍가게 앞에서 장난치는 아이들…, 그 속을 걸으면서 그는 이방인이라는 사실을 절실히 느꼈다.

보육원으로 가는 길목, 낡은 벽돌 담 너머로 아이들이 뛰노는 소리가 들렸다. 그러나 문 앞에서 그는 한동안 발을 떼지 못했다. 원장은 미소를 머금고 있지만 낯선 이방인을 경계하는 듯 말없이 그를 바라보았다. 그의 손에 들린 사진을 보고서야 경계를 풀 듯 눈가에 촘촘한 주름을 모으며 미소를 보냈다. 원장은 잊힌 기억을 소환하기라도 하듯 조용히 그녀의 이름을 두어 번 되뇌었다. 그러곤 부드럽게 고개를 끄덕이며 기억을 더듬었다. 그는 사진 속 아이의 웃음이 떠올라 목이 잔뜩 조여 왔다.

"까인은 그녀를 엄마라 부르지 않았어요."

하지만 세상 누구보다 아이를 사랑했고 아이는 안의 품에 오래 안겼다. 피는 섞이지 않았어도, 안의 숨과 시간, 눈물이 아이 안에 스며 있었다. 원장은 안이 아이를 어떻게 돌봤는지 복도를 걸으며 짧게 들려주었다. 순태는 그 이야기를 들으며 손끝이 저릿했다. 그녀의 온기가 아직 이곳에 남아 있구나.

마당 끝에서 한 아이가 양손에 모래를 가득 쥐고 있었다. 동그란 눈이 순간 반짝였다. 사진 속에서만 보던 그 눈이었다. 순태의 심장이 멎을 듯 내려앉았다. 숨이 막혔다. 그는 조심스럽게 다가가 아이 곁에 천천히 무릎을 꿇었다. 햇볕에 그을린 아이의 볼은 거뭇거뭇 얼룩져 있었고, 손톱 밑에는 마른 흙이 잔뜩 끼어 있었다. 아이가 고개를 들었다. 그 시선 속에는 두려움이 없었다. 단지, 누군가 자신을 부를 것을 기다리는 듯한 맑음이 있었다.

순태의 손이 떨리며 앞으로 나갔다.

아이의 작고 보드라운 손이 순태의 주름진 손을 툭 건드렸다. 그 순간, 억눌러왔던 모든 감정이 터져 나오는 듯 온몸에 전류처럼 따뜻한 응어리가 쏟아져 내렸다. 지금까지 쫓기듯 살아온 날들이 그 짧은 접촉에 녹아내렸다. 잃어버린 딸, 버려진 삶, 그리고 안의 모든 고통이 이 아이의 작은 손끝에 응축되어 전해지는 듯했다.

"까인!"

그는 아이를 안았다. 아이의 숨결이 목덜미에 닿았다.

"다시는… 놓치지 않겠다."

그 말은 아이를 향했지만, 안에게 보내는 약속이었다. 마당 한켠의 스파트필름이 바람에 흔들렸다. 흰 꽃잎의 옅은 흘린 빛이, 그녀가 남긴 잔잔한 미소처럼 순태의 눈에 담겼다.

타다 남은 것들

그때 나는 영원처럼 붙잡고 싶은 찰나보다 더 짜릿한 순간의 황홀경을 맛본다

타다 남은 것들

"아버지…."

나지막이 불렀다. 아버지는 움직임이 없었다. 늘 따뜻하고 투박하던 그 손을 잡았다. 얼음장처럼 차가운 손끝에서 서늘한 한기가 내 몸에 스며들어 심장까지 얼리는 듯했다. 이 지독한 담배가 기어이 아버지를 이렇게 만들었구나. 나는 눈물이 왈칵 쏟아지려 했지만 억지로 참았다. 지금은 울 때가 아니었다.

문득, 아버지가 늘 입버릇처럼 말하던 인명은 재천이라는 말이 뇌리를 스쳤다. 하늘의 뜻이라니. 아니, 아버지는 운명이 아니라 선택을 한 거잖아! 단 것 맵고 짠 것 가리지 않고 먹고, 의사 선생님의 금연 권고에도 처칠도 구십 넘게 살았다며 변명을 늘어놓던 모습이 주마등처럼 스쳐 지나갔다. 아버지의 그 고집이, 결국 여기까지 끌고 온 건가.

"제발… 제발…."

목구멍까지 차오른 나의 절규는 끝내 소리로 터져 나오지 못했다. 그저 텅 빈 입술만 파르르 떨릴 뿐이었다. 아무것도 할 수 없다는 무력감이 온몸을 짓눌렀다. 어디선가 희미하게 묘한 담배 냄새가 코끝을 스쳤다. 환각인가? 아니면 아버지의 몸에 배어 있던 마지막 흔적인가. 익숙하면서도 그 지긋지긋한 냄새가 뼛속 깊숙이 파고들자 나는 눈을 질끈 감아버렸다.

*

아버지가 늦은 밤 급하게 방문을 열고 나왔다. 숨이 쉬어지지 않는다며 고통스러워했다. 입을 크게 벌려도 숨이 찬지 가슴을 부여잡고 고통스럽게 헐떡였다. 올 것이 왔구나. 나는 가슴이 철렁 내려앉았다. 아버지는 벌써 두 번의 경동맥 스텐트 삽입술 이력을 지닌 협심증에 뇌혈관 질환자였다.

병실에 들어서자, 산소마스크 너머로 아버지의 희미한 숨소리가 들려왔다. 늘 힘찬 목소리로 잔소리하던 입술은 바싹 말라 있었고, 핏기 없는 얼굴은 차가운 형광등 불빛 아래 더욱 창백해 보였다. 삐 삐 삐 심전도 모니터의 규칙적인 소리가 불규칙하게 변할 때마다 내 심장도 덩달아 쿵 하고 발아래로 곤두

타다 남은 것들 • 137

박질쳤다. 간호사들의 분주한 발걸음, 속삭이는 소리, 누군가의 흐느낌, 그리고 아버지의 목에서 간신히 새어 나오는 거친 숨소리가 뒤섞여 귓가를 찢을 듯 날카로웠다.

들것에 실려 나가던 은혜 오빠의 축 처진 모습이 갑자기 떠올랐다.

지긋지긋한 장마가 끝없이 이어지던 어느 날, 텔레비전에선 연일 수해 소식만 쏟아내고 있었다. 그 먹먹한 배경 속에서 친구의 오빠는 물속을 핏빛으로 물들이곤 차갑게 가라앉은 주검으로 발견되었다. 욕조에서 몸을 올렸을 때, 창백해진 피부 위로 축축하게 달라붙은 검은 옷이 앙상한 몸을 더욱 도드라지게 했다. 그 모습은 오래되어 갈라지고 퇴색된 마네킹 같았다. 욕실 바닥은 이미 선홍빛 핏물로 작은 수로를 이루고 있었고, 하얀 타일 틈새로 스며든 피는 붉은 거미줄처럼 끈적하게 번져 나갔다. 그리고 공기 중에는 비릿한 피 냄새와 곰팡내가 뒤섞여 불쾌하게 코를 찔렀다. 그 역한 향은 뼛속 깊숙이 파고들었다.

구급대원이 그의 몸을 들어 올리는 순간, 깊게 파인 손목의 상처에서는 끈적한 피가 뚝뚝 바닥으로 떨어졌다. 그 섬뜩한 소리는 고요한 공간을 찢을 듯이 환청으로 돌아와 주변의 모든 소리를 까마득하게 멀리 날려버렸다. 차갑게 식어버린 그의 몸에서는 더 이상 아무런 온기도 느껴지지 않았고, 그저 축축하고 소름 끼치는 냉기만이 감돌았다.

대학 2학년 올라가면서 친구 은혜는 두 살 터울인 오빠가 복학하자, 기숙사에서 나와 학교 근처의 주공 아파트에서 자취생활을 시작했다. 그녀의 오빠는 늘 귀가가 늦었다. 그래서 그녀의 아파트는 당연한 듯이 우리들의 아지트가 되었다. 간혹 그녀의 오빠가 집에 있는 날도 있었다. 우연히 그와 마주치면 난 가슴이 뛰었다. 그가 집에 있는 날의 은혜는 어딘지 불편해 보였다. 왜 그럴까? 현관문을 열었을 때 은혜 오빠의 큼지막한 빛바랜 검은색 워커가 현관에 가지런히 놓여 있으면, 은혜는 금세 얼굴빛이 변하며 함께 간 우리에게 소곤거렸다.

"오늘은 안 되겠어. 오빠가 있어."

은혜 오빠는 늘 검은 옷만 입고 다녀서 그의 몸은 어둠에 잠긴 듯했고, 쇄골 위로 드러난 목과 얼굴만이 겨우 보였다. 그래서 그런지 그의 얼굴은 희다 못해 창백해 보였다. 나는 그의 그런 모습에 매혹되어 혹시라도 하는 마음에 은혜의 집을 기웃거리곤 했었다.

은혜는 예천 지방에서 이름만 대면 알 만한 교회 목사의 딸이었다. 그녀의 아버지는 온갖 고난을 딛고 힘겹게 일군 개척

교회를 남에게 넘겨주기 싫어했다. 어느 날 은혜는 담배를 뻐끔대며 심드렁하게 말했다.

"오빠는 아빠와는 생각이 달라. 자기가 목사가 되면, 하나님을 기만하는 거라나 뭐라나. 뭐가 그렇게 심각한지 모르겠어."

절대 목사는 되지 않겠다고 결심한 그는 고등학교를 졸업하자마자 자원입대를 선택했다. 은혜의 아버지는 군대로 도망간 아들을 가만 놔두지 않았다.

"어떻게 오빠를 설득했는지 모르겠어. 오빠도 한 고집하지만, 아빠는 더해. 자식 이기는 부모는 없다고 하지만, 우리 아빠는 자식을 이겼잖아."

은혜 오빠는 신학대에 입학했다.

그날 우리는 MT에서의 여흥과 피로를 라면으로 마무리하자며 아지트로 향했었다. 그리고 서로 앞다퉈 볼일이 가장 급한 누군가가 화장실로 들어서다가 문 앞에서 기겁하며 쇳소리 비명을 질렀다. 119에 신고했고, 은혜는 팔딱거리며 숨넘어가게 울었다.

지금은 교사가 된 은혜는 그때 MT를 가지 않았다면 오빠가 죽지 않았을지도 모른다며 두고두고 후회했다. 아빠 때문이라고 원망의 소리를 쏟아내기도 했다. 그렇게 우리는 긴 여름방

학을 마치고 은혜는 기숙사로 돌아갔다. 그녀는 어느 날 기숙사 뒤편 벤치에 앉아 담배를 뻐끔거리며 비밀을 말하듯 나직이 털어놓았다.

"오빠가 그렇게 된 건, 고집 때문이었어. 아빠도 오빠도 모두가 다! 그래서 난 아빠가 하라는 대로 하는 거야. 우리 아빠는 오빠를 그렇게 보내놓고도 지금도 지겹게 기도해. 누구를 위한 기돈지, 참 웃기지!"

나는 생각했다. 누군가는 타인의 강요 때문에, 또 누군가는 자신의 고집 때문에 스스로를 갉아먹는구나. 아버지의 모습이 그들 위로 겹쳐졌다. 당신의 몸을 해치는 담배를 끊으라 아무리 애원해도, 인명은 재천이라며 고집을 꺾지 않았던 아버지. 그의 모습은 은혜 오빠를 강요했던 그 목사 아버지와 묘하게 겹쳐 보였다. 결국 스스로를 파멸로 이끄는 아버지의 고집 앞에서 나는 은혜처럼 무력하게 담배 연기만 바라볼 수밖에 없었다.

*

처음 아버지가 병원에 입원했을 때가 칠십 대 초였을 것이다. 어머니의 칠순 생일을 두 해나 앞두고 있었으니까. 젊어서부터 골골하던 어머니를 위해 우리는 돈을 모아 효도 관광 겸 미국 여행을 계획했다. 여행을 거부하는 아버지를 설득하기 위해 형부가 나섰다.

"아버님, 요즘 어머니 건강이 좋으시잖아요. 이럴 때 겸사겸사해서 어머니와 같이 다녀오시면 얼마나 좋겠어요? 처제 부부도 미국에서 나오기 전에 아버님 어머님 모시고 싶다고 꼭 오셨으면 좋겠다고…, 비행기만 타고 오시면 그곳에서 다 알아서 하겠다고 하네요. 아버지는 젊어서 다 구경하셨겠지만, 어머니는 못 보셨잖아요. …아버지께서 늘 말씀하시던 그 어마어마하다는 뭐 그거 있잖아요. 그래도개년이라나 뭐라나…."

싱거운 소리 잘하는 형부가 아버지 눈치를 살피며 흰소리로 한 '그래도 개년'이라는 말에 모두 웃었지만, 아버지는 웃지 않았다.

"늙어 기력 떨어지면 가고 싶어도 못 가잖아요."

형부의 흰소리에 눈을 흘기며 언니가 겸연쩍어하는 그를 거들었다. 그래도 아버지는 입을 꾹 다물고 있었다. 형부의 겸사겸사에는 민희 졸업식도 끼어 있었다. 나는 민희에 대한 아버지의 남다름을 알고 있었기에 말에 힘을 주어 쐐기를 박았다.

"민희요, 지난여름, 겨울 다 못 왔잖아요. 졸업식은 보셔야죠. 고아도 아닌데."

민희의 졸업식이라는 말에, 아버지는 공부하느라 힘든 애들 꼭 그렇게 부담을 주어야겠냐며 핀잔했지만, 좀 전의 언짢은 표정이 다소 누그러진 듯 보였다.

민희는 딸 중에서 가장 아버지의 사랑을 받으며 자랐다. 민희가 태어나고 얼마 안 되어 어머니가 큰 병을 얻어 오랫동안 병석에 있었던 사연도 있었지만, 민희는 눈치가 빨라 늘 아버지 마음을 흡족하게 했다.

젊어서 병치레를 많이 한 어머니는 자식들이 챙기지 않아도 심심찮게 몸을 체크해 왔고, 좋다는 기능식품은 돈 생각하지 않고 샀으며, 두 달마다 잊지 않고 영양제 수액을 맞았기 때문에 건강에 전혀 걱정이 없었다. 그리고 아버지도 사십 대부터 복용하고 있는 고혈압이나 당뇨에 대해서는 알고 있었고, 협심증은 정기적으로 진료 받고 있어서 조심만 하면 된다고 대수롭지 않게 생각했다.

그런데 아버지가 쓰러지셨다. 가족에게 큰 바위인 양 강해 보이려 애썼지만, 소심한 성격의 아버지는 여행을 한 달 남짓 남기고 탈이 나고 말았다. 아버지는 구토와 심한 어지럼증으로 쓰러져 병원에 입원했다. 첫 번째 스텐트삽입술을 했던 때였다. 중환자실을 거쳐 병실로 옮긴 후 가족의 근심 어린 눈길에 아버지는 어지럼증이 간혹 있었지만, 별거 아니라고 생각했다며, 짐짓 아무렇지도 않은 듯이 걱정하지 말라고 했다.

"아버지가 의사예요? 왜 아버지 멋대로 진단을 해요. 바로바로 이상 있으면 병원에 갔어야죠. 그러다간 나중에 호미로 막을 걸, 가래로도 못 막아요."

나는 아버지의 건강 불감증에 화가 나서 가래라는 말에 힘을 주며 독하게 쏘아붙였다.

퇴원하는 날, 주치의는 아버지에게 신신당부했다.

"술, 담배는 절대로 안 됩니다."

의사의 금주 처방에 아버지는 사십 대 이후부터 술은 거의 입에도 안 댄다고 당당하게 말했다. 그러나 담배에 대해서는 말끝을 흐렸다. 주치의는 아마도 아버지에게서 담배 냄새를 맡았을 것이다. 통통해서 성격이 넉넉해 보이는 주치의는 아버지의 비위를 맞추듯이 말끝을 길게 뽑아가며 재차 금연을 당부했다. 아버지는 웃음으로 답변을 대신했다. 하지만 아버지는 집에 오는 차 안에서 혼잣말인 듯 아닌 듯, 들으라는 듯이 소리를 흘렸다.

"내가 육십만 돼도 금연하겠지만, 이 나이에 무슨…."

퇴원 후에도 아버지는 여전히 담배를 즐겼다. 텔레비전 건강 프로그램에서 알려주는, 건강하게 사는 비결 등에 대해서는 콧방귀 꼈다. 그래봤자 말짱 소용없다며 인명은 재천이라는 순자의 논리를 철저하게 신봉했다.

"몸이 다 알고, 안 좋은 것은 입에서 안 받는 법이지. 입에서 당길 때는 몸에서 부족하기 때문이거든. 당이 떨어지면 단 것을 먹어 줘야 하고, 단백질이 부족하면 자연히 고기가 먹고 싶어지지. 남이 좋다고 입에서 안 받는데도 억지로 먹다 보면 탈이 나는 법이야. 그게 인체의 순리인 거지. 어거지로 한다고 오래 사는 것도 아니거든."

그래서 아버지는 음식도 가리지 않고 입에서 원하면 아무거나 다 먹었다. 어머니는 아버지의 지론에 쌍심지를 켰지만, 나는 나이가 들수록 아버지의 먹거리론에 동감했다. 그러나 결코 그것이 정석이라고 생각하지는 않았다.

끝내 아버지는 미국 여행을 가지 못했다. 덕분에 안양 이모가 어머니와 함께 다녀왔다. 어머니는 환자인 아버지를 두고 가서 마음이 불편했다고 하지만, 안양 이모는 지금도 아버지 덕분에 미국 여행 잘 다녀왔다고 두고두고 고마워했다. 의사의 한마디로 아버지의 모든 병의 원인은 담배가 되어버렸다. 어머니는 말끝마다 네 아버지는 담배 때문에 오래 못 살 거라고 했고, 그럴 때마다 아버지는 인명은 재천이라는 말로 맞섰다. 그리고 인명은 재천이라는 말을 실감하듯, 건강을 잘 챙기던 어머니가 칠순을 갓 넘긴 일흔둘에 급성폐렴으로 갑자기 돌아가셨다.

어머니가 돌아가시고 나와 아버지, 단둘이 남았다. 어머니가 없는 집안은 텅 빈 듯이 적막했다. 아버지도 나도 원래 말수가 적었다. 그래서 살가운 대화가 오고 갈 일이 없이 집안에는 냉기가 돌았다.

냉장고가 빌 때쯤 되면, 언니가 밑반찬이나 국을 끓여 와 채워 넣었다. 아침에 전날 사온 빵을 식탁에 놓고 출근하면 아버지는 커피와 함께 먹었다. 그리고 점심은 각자, 저녁은 냉장고에 있는 반찬으로 조용히 함께 먹었다. 젓가락을 식탁에 내려놓는 소리, 밥그릇 국그릇에 숟가락 부딪히는 소리, 깍두기나 반찬 씹는 소리. 저녁 식탁은 공허한 소리들로 더 거북했다.

*

아버지는 꼬박꼬박 육 개월에 한 번씩 정기적으로 진료를 받았다. 그러나 두 번째도 예고 없이 발병했다. 첫 번째와 마찬가지로 다급하게 응급실로 실려 가서는 촌각을 다투어 수술 받고 중환자실을 거쳐 일주일 만에 퇴원했다.

병실로 올라온 다음 날, 정희 언니가 와서 간호하겠다고 해서 중간고사 시험 출제를 마무리하고 늦게 퇴근했다. 병실에 들어서자 담배 냄새가 났다. 담배도 없고, 살 돈도 없었을 텐데 어디서 담배가 났을까, 이상했다.

"아빠, 담배 피셨어요?"

아버지는 못 들은 척, TV 리모컨을 찾아 전원을 켰다.

"의사 선생님이 건강을 위해서 담배 끊으라고 했잖아요."

아버지는 안 들리는 척 텔레비전 볼륨을 높였다.

"아빠!" 하고 나는 소리를 질렀다. 그제야 아버지는 눈살을 찌푸리며 반응했다.

"의사 나부랭이가 알면 얼마나 안다고. 내가 다 알아서 한다. 웬 잔소리야!"

잔소리로 치부하는 아버지의 말에 나는 더욱 화가 솟았다.

"아빠, 제발 좀요. 또 쓰러지면 그땐 끝이에요. 세 번은 힘들다고 하잖아요. 나한테 맨날 의지력이 없다고 핀잔주면서, 아빠야말로 의지박약이네요."

아버지는 인명은 재천이라며 화장실로 들어가 버렸다. 나는 언니를 원망스러운 눈으로 바라봤다.

"아니, 난 몰랐지."

그녀는 변명하듯 상황을 설명했다. 그녀가 병실에 들어서자 아버지가 반갑게 맞았다고 했다.

"얘, 너도 알다시피 아버지가 언제 날 반갑게 맞는 사람이니? 큰애 왔냐며 환하게 웃어서 나도 당황스러웠어."

아버지는 언니를 보자 침대에서 내려와 앞장서 걸으며 따라오라고 했다. 지팡이를 짚었을망정 비틀거림 없이 급한 걸음으로 슬리퍼를 끌며 엘리베이터를 탔다. 어리둥절해서 쭈뼛대는 언니를 보고 아버지는 빨리 타라고 재촉했다. 1층 커피숍에 들러 아이스아메리카노를 주문하고, 돈 만 원을 달라고 하며, 먼저 병실에 올라가 있으라고 했다.

"재희야, 내가 아버지한테 뭔 말을 하겠어. 난 지금도 아버지가 어렵고 무서워."

"언니, 그렇다고 먼저 올라오면 어떡해. 될 수 있으면 이번 기회에 금연하도록 해야지."

그런다고 아버지가 금연하겠냐고 부정적으로 말하는 그녀에게 눈을 흘겼다. 화장실 물 내려가는 소리가 났다. 나는 아버지 들으라는 듯이 바락바락 소리를 더 높였다.

"언니도 신경 좀 써. 이게 다 아빠 건강을 위해서야. 조금이라도 덜 피우게 해야지."

"이것들이 시끄럽게 소리 지르고 난리야. 둘 다 없어도 되니까 그냥들 가!"

아버지는 눕자마자 텔레비전 볼륨을 크게 높였다. 나는 시위

하듯 신경질적으로 볼륨을 도로 낮췄다.

"다른 병실에 방해되잖아요. 다른 사람 생각은 안 해요? 아빠는 왜 그렇게 이기적이세요."

아버지는 눈을 치떠 나를 한 번 쏘아보고는 아예 눈을 감아 버렸다. 둘 사이에서 어쩔 줄 몰라 쩔쩔매는 언니를 두고 씩씩거리며 병실을 나왔다.

아버지는 한 번도 정기 진료를 거른 적이 없었다. 복용해야 할 처방 약을 소홀히 한 적도 없었다. 그런데 벚꽃잎이 열린 창문을 통해 날아들던 날 아버지는 세 번째로 입원했다. 응급실에서 혈관 확장제를 투여받았다. 숨통이 조금 트이자 고통스럽게 숨을 몰아쉬며 단어 하나하나를 쥐어짜듯 절박하게 말을 이었다.

"절대 목줄은 안 꽂는다. 생명 연장도 하지 말거라. 이제 갈 때가 된 거야."

우리는 울면서 고개를 흔들었다. 절대 그럴 수 없다고.

*

주말에 간혹 차 없이 외출하고 들어올 때면 공원 쪽으로 놀아서 오곤 했다. 그때의 공원은 비어 있는 벤치를 찾을 수 없을 정도로 사람이 많았다. 하지만 내 방, 창문에서 바라보는 공원 뒤의 밤 풍경은 늘 고요했다. 새소리에 멀어지는 자동차 소리를 들으며 힘껏 가슴 부풀려 들이마시는 촉촉한 밤공기에 저절로 행복감이 차올랐다. 3층인 내 방에서 바라보는 공원의 숲은 나만의 정원인 양 상수리 나뭇잎이 손을 내밀면 잡힐 듯 가깝게 느껴졌다. 작은 바람에도 소소소 간지러워하는 느티나무의 웃음소리가 좋고, 비 오는 날 나뭇잎에 떨어지는 빗방울 소리가 경쾌하며, 달빛에 반짝이며 우수수 휘날리는 하얀 꽃잎이 아름다웠다. 나는 늦은 밤이면 창문에 걸터앉아 하늘을 보며 담배를 피웠다.

안방 문에는 풍경이 걸려 있었다. 어머니 돌아가신 이듬해 운주사에서 재 지내고 돌아오는 길에 아버지가 사 온 것이었다. 두 개의 종이 작은 움직임에도 딸랑딸랑 맑은 소리를 냈다. 풍경 상단에는 초록색 원목에 'sweet home'이라고 쓰여 있는데, 나는 그 문구를 볼 때마다 풍경과 어울리지 않게 좀 뜬금없다는 생각이 들었다. 아버지의 방문이 여닫칠 때마다 청아한 소리가 텅 빈 거실을 가득 메웠다. 그래서 나는 한밤중에 고요히 퍼지는 풍경소리가 좋았다.

아버지는 이 집에 이사 온 첫날부터 안방에 달린 욕실을 사용하지 않고, 내 방 앞에 있는 화장실을 썼다. 그것도 화장실

문을 활짝 열고서 말이다. 어머니는 아버지의 그런 모습에 질색했다. 그래서 나는 자연스럽게 안방 욕실을 사용하게 되었다.

아버지는 변소는 원래 문간 옆에 있어야 한다며 방에 붙어 있는 화장실에서는 이상하게 볼일을 못 보겠다고 했다. 어머니가 돌아가시고 혼자 안방을 쓰면서도 아버지는 화장실 사용 습관만큼은 고쳐지지 않았다. 그 대신 내가 있을 때는 나를 위해 화장실을 사용하지 않았다. 늦은 밤을 제외하고는 말이다.

화장실에는 휴지 걸이 위에 재떨이와 담배, 그리고 라이터가 있었다. 불면증이 심한 나는 늦은 밤 창문턱에 걸터앉아 담배를 피우다가 아버지가 화장실로 오는 소리가 들리면 입으로 가져가던 동작을 멈추고 숨을 죽이며 소리에 귀를 모았다. 아버지의 라이터 켜는 소리, 길게 빨아들이며 내뱉는 소리, 잠시 후 가래 끓는 헛기침 소리, 물 내리는 소리, 탁탁탁 거실 바닥 딛는 소리, 탁 안방 문 닫히는 소리. 그 후 들리는 풍경소리의 여음을 차례로 들으며 아버지의 안녕에 안심했다. 그리고 나는 소리 없이 타다 남은 담배를 마저 빨았다. 담배 연기는 목을 타고 내려갔다가 혈관을 타고 머리로 올라가는지 머릿속이 아련하게 몽롱해졌다. 그러면 나는 어두운 먼 하늘에 눈길을 던지고는 이제 자야지 스스로 최면을 걸었다.

 아버지가 돌아가신 후 나는 출근하지 않는 날에는 온종일 누워만 있을 때가 많았다. 방학 때는 더 했다. 이러다 아사될 수도 있겠다는 생각이 들 정도였다.

 안구건조증이 심할 때는 어쩔 수 없이 동네 안과를 찾았다. 하지만 하루가 다르게 눈이 침침해졌다. 더 이상 미룰 수 없었다. 최대한 빠른 날로 진료일을 예약했다. 불편해도 두어 달쯤이야 못 참겠는가 하는 마음에 달력에 표시한 진료일을 바라보며 하루하루를 견뎠다. 사람의 심리란 참 묘했다. 예약일이 정해져서 그런지 기다림에 대한 초조함이나 조바심 따위의 불안함이 사라졌다.

 그런데, 전공의들의 집단 진료 거부 속보 뉴스가 자막으로 떴다. 하필이면. 병원에서 연락이 왔다. 육 개월 후로 진료가 연기되었다는 통고였다. 의사들의 집단행동이 이번이 처음은 아니었다. 한때는 그들의 진료 거부 의사를 거시적 대의를 위해서라며 지지해 주기도 했었다. 그러나 내가 피해자가 될지도 모른다고 생각하니, 그들의 행동에 결코 공감해 줄 수는 없었다. 그동안 편안했던 마음이 한순간에 불안감으로 엄습해오며 목을 조르는 듯 초조해졌다. 불안한 마음을 떨쳐버리기 위해 머리를 흔들었다. 지금까지 괜찮았는데 뭔 일이야 있겠어. 스스로 위로했다.

"진료 안 받은 지 삼 년이 넘으셨네요?"

시간이 그렇게나 많이? 백내장 수술할 때의 담당 의사가 퇴직해서 다른 의사에게 진료 받았다. 그녀는 오랫동안 진료 받지 않은 나의 무신경을 질책하는 듯했다. 그녀는 젊었다. 어쩌면 내 생각보다 젊지 않을지도. 머리가 길고, 눈두덩에 보라색 색조화장을 해서 젊을 거라는 생각이 들었다. 그전 의사는 나와 비슷한 또래인 사십 대 후반처럼 보였다. 머리도 단정한 커트였고. 눈매가 선하고 목소리가 순했다. 외모나 나이로 실력을 평가할 수는 없지만, 내 주관적 기준의 신뢰도 문제였다.

"그동안 불편했을 텐데요?"

건조하고 냉한 의사의 목소리가 이러한 잡다한 생각들을 멈추게 했다. 나는 선뜻 대답을 못 하고 머뭇거렸다. 의사는 기기에 턱을 올려놓으라고 하며 눈동자를 살피기 시작했다. 산동제를 투여해 동공을 확장해서 그런지 눈이 더 시그러워 눈물이 주르륵 흘렀다.

"망막에 문제가 생겼네요."

각막도 아닌 망막? 어떤 문제? 순간 나는 가슴이 싸락 내려앉는 기분이 들었다. 남보다 안구건조증도 심하고 대부분이 육십이 넘어서 한다는 백내장 수술도 사십 중반에 했기 때문에 문제라는 말에 덜컥 겁이 났다. 망막 검사실 기사가 망막도 예약했냐고 물었을 땐, 그저 검사실 촬영기사의 말이라 흘려들었다.

"망막이 찢어졌습니다."

어떻게 망막이 찢어질 수 있나 의아했다.

나는 코나 눈꺼풀 주변이 몹시 가려울 때가 종종 있었다. 그럴 때마다 나도 모르게 눈두덩이 벌게지도록 손으로 비비곤 했었는데, 혹시 그래서 그런가? 의사는 그렇게 비빈다고 망막이 찢어지지는 않는다고 뜨악하게 말했다. 내가 걱정스럽게 원인을 재차 묻자, 간혹 그런 환자들이 있다며 크게 걱정하지 않아도 된다고 위로의 말과 함께 망막 전문의와 연결해 주겠다고 했다. 나는 조금 전의 실력이 어쩌고 하던 생각이 싹 달아나고, 이 여의사가 전지전능이라도 되는 양 선생님이 봐주시면 안 되겠냐고 애원했다.

망막 전문의는 남자로 여의사보다 나이가 있어 보였다. 그는 모니터를 들여다보며 앞막이 어떻고, 망막 변성이 어떻고 하며 이미 내가 알고 있는 망막 상태를 나열했다. 너무 신뢰감 없는 어조였다. 형식적인 절차인 듯 기기를 통해 안구를 점검했다.

"다 됐습니다. 정기적으로 검사만 잘 받으시면 됩니다."

그는 세극등 현미경을 밀치며 피곤하고 나른한 동작으로 몸을 틀며 자리에서 일어났다. 뭐야? 나는 당황스러웠다. 여의사의 다급한 말과는 달리 그는 너무도 느긋했다. 다 됐다니? 황당, 그 자체였다. 나는 의사의 심리를 자극하지 않으려 최대한 공손하게 말했다.

"저…, 망막이 찢어졌다고 말씀하셨는데요."

그는 잠시 당황한 듯 모니터를 급하게 들여다봤다. 그리고 기기를 통해 동공을 확인했다. 그러고는 잠시 시간을 보더니, 바로 수술을 준비하라고 간호사에게 말했다. 그들은 빠르게 마취액을 투여하고 레이저로 망막의 문제를 단시간에 해결해 주었다.

시술 후 통증과 시야의 불편함으로 인해, 대기실에서 왼쪽 눈에 안대를 하고 앉아 안정을 취해야 했다. 처치실에서 나오기도 전에 의사는 가운을 벗었고, 간호사는 나의 팔을 잡아 일으켰다. 눈이 아픈 나를 부축해 주는 것이었겠지만, 그녀의 손길이 서두르는 듯 급하게 느껴졌다. 수술 직후에는 점심시간이 넘었는데도 치료해 준 것이 고마웠다. 그래서 그곳을 나오면서 그들에게 고맙다는 말을 서너 번 반복하며 마음을 표현했다. 하지만 텅 빈 대기실에 앉아 안정을 취하는 동안 스멀스멀 화가 밀려왔다.

"사명감도 없는 의사 나부랭이!"

아버지가 잘 쓰던 나부랭이라는 말이 입에서 툭 튀어나왔다. 그들의 불성실함에 부아가 치밀었다. 하나하나 되새김하면 할수록 점점 더 부정적인 것만 떠올랐다.

'의사가 뭐 그래? 책임감도 사명감도 없고, 말짱 다 돈독만 올랐어. 망막 검사실 촬영기사도 아는 걸 왜 몰라? 큰일 날 뻔했는데, 왜 사과도 안 해?'

마치 망막이 찢어진 것이 그들 때문인 것처럼 그들을 탓하고 원망했다. 마취에서 풀려나면서 눈이 아플수록 더 짜증내며, 소리 내어 원망을 쏟았다.

"나부랭이들 돈벌레들 같으니라고."

안과에 다녀온 이후, 마음이 불안해졌다. 사람 일이란 한 치 앞도 모르는 거잖아. 의사는 내게 정기적으로 검사만 잘 받으면 괜찮다고 했지만, 이러다가 시력을 잃을지도 모른다는 불안감을 떨쳐버릴 수 없었다. 혹시 모르니까 미리미리 정리해 두자. 아직까지 아버지 물건들은 주인만 없을 뿐, 3년 전과 똑같이 그곳 그 자리에 그대로 있었다. 문갑 속 아버지 물건들을 먼저 정리하기 시작했다.

*

 퇴근길에 병원 앞을 지났다. 사거리 신호에 걸려 있을 때 아버지 병실을 가늠하며 그쯤을 올려다봤다. 창유리가 오후의 햇살을 반사했다. 내려서 아버지를 보고 가고 싶었지만, 몸살에 코와 목감기가 너무 심해서 그냥 집으로 갔다. 아버지에게 옮기면 안 되지. 감기부터 빨리 나아야지.

 응급실에서 병실로 옮긴 후 아버지를 제대로 보질 못했다. 응급실에서 밤을 새운 것이 무리였는지 몸살에 코감기와 목감기가 겹치면서 가래 끓는 소리와 함께 심하게 기침을 했다. 어젯밤에 간호실에 비치된 마스크를 두 개나 겹쳐 쓰고 잠깐 아버지 얼굴을 본 것이 다였다. 나를 제외하고 언니, 동생, 형부, 제부, 조카까지 모두 순번을 정해 이유 불문하고 연차나 휴가를 내며 아버지 병간호에 들어갔다.

 "그동안 네가 애썼으니까, 이제부터는 우리가 할게. 넌 걱정하지 말고 빨리 감기나 나아."

 집과 학교 사이에 병원이 있어 나는 출근길, 퇴근길에 잠시 아버지 얼굴을 보고 갔다. 감기는 나아질 기미를 보이지 않고 점점 더 심해져만 갔다. 비염도 심해져서 수시로 코를 풀었다. 후두염이 재발하여 말하기도 힘들어졌다. 약이 독해도 좋으니까 빨리 낫게 해달라고 단골 의사에게 애원했다. 약만 독하게 쓴다고 낫는 것도 아니라면서 매일 병원에 오라고 했다. 시간이 없어 매일 올 수 없으니까 약만 잘 듣게 독하게 해달라는 말을 반복해서 했다. 그는 한심한 듯 날 힐끔 쳐다보더니, 혼잣말 아닌 혼잣말을 했다.

"어쩔 수 없군요. 이것보다 급한 게 뭐가 있다고."

비난하는 그의 말투에 나는 입을 앙다물었다. 눈도 깜빡이지 않고, 말똥말똥 뚫어지게 그를 쏘아보았다. 그는 나의 시선이 거북했는지, 치료하려고 다가오던 손동작을 멈추고 몸을 뒤로 물렸다. 그때 왜 그런 말을 그에게 했을까? 코나 목 치료를 위해 심심찮게 찾던 의사라서 친근하게 느껴졌나? 그래서 내 몸을 돌볼 수 없을 만큼 힘들다는 것을 위로받고 싶었던 것일까?

"아버지가 많이 편찮으세요."

눈을 깜빡이자 눈물이 주르륵 흘렀다. 나는 의사 앞에서 눈물을 뚝뚝 떨구며 울었다. 소리는 내지 않았지만, 코를 훌쩍였다. 목에서 딸꾹질 같은 소리가 났다. 얼굴을 감싸고 한참을 울었다. 누군가 가만가만 내 등을 두드려주었는데, 그였는지 간호사였는지는 알 수 없었다. 그는 울음을 그칠 때까지 소리 없이 기다려주었다.

일주일치 약을 처방받아 돌아오는 길에 아버지에게 갔다. 병실 문을 열고 들어서며 아버지 몸과 연결된 의료기기로 시선을 모았다. 그래프와 비프음이 나를 안심시켰다. 잠들어 있는 아버지의 차가운 발을 따뜻한 물수건으로 닦았다. 물수건이 따뜻해서인지 발에 온기가 돌았다. 아버지 힘내세요. 아버지와 연결된 모니터 기기의 그래프와 비프음이 이대로라도 좋으니 영원하길 간절히 바랐다.

엘리베이터를 타지 않고 계단으로 올라갔다. 오르는 동안 생명체의 소리라고는 발자국 소리뿐이었다. 삐리릭 도어락 소리가 유난히 크게 들렸다. 텅 빈 거실을 가로질러 아무도 없는 걸 알면서도 안방 문을 열었다. 침대 위에는 이불이 부자연스럽게 뭉쳐져 있었다. 나는 이불을 침대 네 모서리에 맞춰서 깔끔하게 정리했다. 가운데 부분이 옴폭 들어간 베개는 손으로 탁탁 쳐서 돋아 가지런히 놓고 방문은 닫지 않은 채 나왔다. 거실을 걸을 때 일부러 탁탁탁 소리 내어 걸었다. 그리고 화장실 변기에 앉았다. 아버지처럼 화장실 문을 열고 담배에 불을 붙였다. 목으로 넘어가는 연기로 목이 까칠했다. 비염이 심해선지 맛이 느껴지지 않았다. 아버지 자리를 차지하고 있는 것 같아 덜컥 겁이 났다. 아버지가 오셔서 담배 개수가 비었다고 하면 어쩌지? 빨리 메꾸어 놓아야겠다고 생각했다. 방으로 들어와 창문틀에 걸터앉았다. 하늘에 달이 구름에 가려져 찌그러져 보였다.

시간이 얼마나 흘렀을까, 구름이 지나간 자리에 달만 덩그러니 남아 외로워 보였다. 구름 때문에 찌그러졌다고 생각했는데, 그냥 온전히 달이 찌그러져 있었다. 찌그러진 달에 소원을 빌 수는 없었다. 그래도 아버지 건강을 위해 빌고 싶은데, 어디에? 하늘에? 엄마한테? 기도해야 하는데…. 불길하고 잡스러운 생각이 꼬리를 이었다. 잡념을 털어버리기 위해 담배에 불을 붙였다. 담배 연기가 하얗게 꼬리를 잇는 듯하다가 순간 동그라미가 되었다. 그 동그라미처럼, 삶은 때때로 예측 불가능한 형태로 우리를 옭아맸다. 특히 사랑하는 이 앞에서 아무것도 할 수 없을 때의 그 무력감이란…. 문득, 담배 연기로 도넛을 잘 만들던 친구 세리가 떠올랐다.

세리 엄마는 남의 남편을 지극정성으로 간호하고 안방을 차지했고, 딸을 위해 신당을 접었다고 했다. 그 맹목적인 고집이 세리에게는 벗어날 수 없는 운명처럼 느껴졌을까.

비 오는 어느 날, 친구들과 어울려 세리의 집에 놀러 갔다. 그런데 안방에서 똑같은 노랫소리가 반복해서 들려왔다. 그때 그 사람. 너무도 애절하게 불러서 궁금해졌다.

"그때 그 사람은 누구야?"

"누군 누구야, 오빠지."

우리는 한바탕 웃었다. 세리는 웃다가 들숨에 연기가 잘못 들어가 얼굴이 빨개지도록 쿨룩거렸다.

그리고 몇 년 후 어느 날 우연히 세리를 만났다. 정말 오랜만이었다. 약혼자가 시한부인데 엄마 팔자 닮으면 안 된다고 만나지도 못하게 한다며 훌쩍였다.

"정말 방법이 없는 거야? 너네 엄마가 굿해 주면…? 혹시라도?"

무당이었던 세리 엄마는 한때 용하다는 소문이 있었다. 그래서 병든 사람도 고쳤다고 했다. 나는 그저 위로랍시고 건넨 말이었다. 세리는 말이 끝나기 무섭게 싸늘하게 웃더니 정색하며 말했다.

"그딴 게 통할 리가 없잖아. 다 소용없어. 애초에 될 리가 없는 일이었다고."

그녀는 마치 비웃듯이 내 말을 잘라 말했다. 그러곤 또 울었다. 체념과 분노가 뒤섞인 고통스러운 소리로 힘없이 신음하듯 울고 또 울었다. 손에 들린 담배가 다 타들어 가는 것도 잊고 세리는 한참을 울었다.

나는 무력감에 휩싸인 채, 지워졌던 흔적이 선명하게 기억의 저편에서 스멀스멀 떠올랐다. 병실에 누워있는 아버지를 보며 아무것도 해줄 수 없는 상황이 세리와 한없이 닮아 있는 듯 불안했다. 결국 사랑하는 사람을 잃게 될지도 모른다는 두려움, 그리고 그 앞에서 아무것도 할 수 없다는 절망감. 세리가 담배로 도넛을 만들며 슬픔을 감추려 했던 것처럼, 나 역시 담배 연기 속에 내 안에 파도처럼 휘몰아치는 거친 불안을 가라앉히고 싶었는지도 모르겠다.

'이게 다 담배 때문이야!'

담배가 아버지 병의 원흉인 양 그것을 움켜쥐어 으스러뜨렸다. 그리고 창문 너머 공원을 향해 힘껏 내던졌다. 그래도 불안은 그림자 되어 따라붙었다. 나는 화장실로 달려가서 담뱃갑을 움켜쥐었다. 아버지 금연을 위해 담배를 모조리 집 안에서 없애 버려야겠다는 생각에서였다. 안방의 문갑 속에도 뜯지 않은 한 보루의 담배가 더 있었다. 그것을 쓰레기통에 넣으려는 순간 담배의 함량 문구가 눈에 들어왔다. 타르 1mg, 니코틴 0.1mg. 언제부터인진 모르지만, 담배의 유해 물질인 타르와 니코틴의 함량이 줄어 있었다. 나는 갑자기 눈물이 쏟아졌다. 아버지의 마음을 이해할 수 있을 것 같았다. 나는 담배를 도로 그 자리에 놓고 안방을 나왔다.

*

 아버지는 병원에 입원한 지 12일 만에 돌아가셨다. 응급실에 실려 가던 날에, 아버지는 단골 이발소에 들러 이발하고 오셨다. 그 삼 일 전에는 베란다의 화분을 정리하고, 내게 상토와 마사토를 사 오라고 해서 분갈이도 했다. 세척하지 않은 마사토를 사 왔다고 아버지에게 핀잔을 듣고, 나는 화분에 담고 물 주면 다 똑같은 거 아니냐며 투덜댔다.

 아버지는 그렇게 가실 걸 아셨을까? 방에서 거실로 나오며 숨을 거칠게 몰아쉬었다. 입을 벌리고 헐떡이며 고통스러움에 얼굴이 온통 일그러져 있었다. 그렇지만 입원해서는 하루 이틀 시간이 흐를수록 표정이 편안해졌다.

 아버지는 가족에게 자상하지도 살갑지도 않았었다. 하지만 열이틀 동안 말씀은 없었지만, 아버지에 대한 응어리진 마음을 우리에게 풀게 해주었다. 늘 아버지가 어렵기만 했다던 언니의 마음을. 대학 교수가 되겠다고 장담하며 미국 유학까지 다녀왔지만, 아버지의 기대에 차지 않아 늘 미안했던 동생. 아버지의 자랑이던 눈에 넣어도 안 아플 조카. 그들은 순번을 정해 돌아가며 아버지를 보살폈다. 얼굴과 손발을 닦아주고, 대소변을 처리하고, 입안의 백태를 닦아주었다. 아버지의 거친 숨소리에 안타까워했고, 아버지의 불편함을 헤아리기 위해 눈을 맞추었다. 그러는 중에 서서히 어렵고 서운했던 감정, 죄스럽고 미안했던 마음이 모두 사라졌다. 아버지도 애쓰고 있었다. 가족이 모두 병실에 모일 때까지 기다렸고, 모두에게 작별 인사할 시간을 허락하기 위해 온 힘을 다해 마지막 숨을 부여잡았다.

 아버지를 납골당에 모셔두고 집으로 돌아왔다. 아버지가 눈치 채지 못하게 채워 놓았던 담배는 아무 쓸모가 없어졌다. 아버지의 담배 냄새를 맡을 때마다, 그 연기 속에 갇힌 그의 고집과 외로움, 그리고 나를 향한 미안함을 어렴풋이 느꼈었다. 그러나 결국, 나도 아버지의 고집스러움을 닮아가고 있었다.

 아버지가 돌아가시고 나는 무기력감에 빠졌다. 만사가 귀찮았다. 퇴근과 동시에 무력감이 엄습했다. 손가락 하나 까딱 않고 한참을 거실 소파에 앉아 안방을 바라봤다. 금방이라도 풍경소리를 내며 아버지가 나올 것만 같았다. 아버지는 어머니 유품 정리를 어떻게 했을까. 직장 일이 바쁘다는 핑계로 나 몰라라 했던 무심함에 마음이 아련하게 아파왔다.

 이런 분위기라면 의당 담배 생각이 났을 법도 한데, 이상하게 전혀 떠오르지 않았다. 마음먹은 것도 아닌데, 전혀 생각나지 않았다. 아무런 자각도 감지도 못했다. 그냥 아버지의 임종과 함께 뚝, 금연이 찾아왔다. 혹시, 아버지는 금연을 못 했지만, 내게서 담배를 거둬간 건 아닐까?

  나는 창문을 활짝 열었다. 새벽의 서늘한 공기가 가슴 깊숙이 내려앉았다. 더 이상 목구멍을 타고 내려가는 짜릿한 연기의 쾌감은 없었다. 대신, 비어버린 그 공간을 낯선 평온함으로 채웠다. 문득, 바람결에 실려 온 옅은 흙냄새 속에서 희미하게 담배 냄새가 스치는 듯했다. 그것은 더 이상 나를 옥죄는 후회나 슬픔의 냄새가 아니었다. 그저, 이 세상에 존재했던, 아버지의, 그리고 그를 너무나도 사랑했던 딸의, 아련하고도 지독했던 삶의 냄새였다. 나는 눈을 감고 그 향을 음미했다. 이제야 비로소, 아버지를 보낼 수 있을 것 같았다.

*

  아버지 유품을 3년 만에 정리했다. 옷은 자선단체에 기부했다. 아버지의 책들은 그냥 두기로 했다. 세세한 것들은 하나하나 꼼꼼히 보면서 정리했다. 병원에서 가져온 물건 중에 안경과 보청기와 지갑이 있었다. 안경들은 한데 모아 보청기와 함께 책장 서랍에 넣었다. 지갑을 열었다. 거기에는 신분증과 함께 곱게 꽂혀 있는 메모가 들어 있었다. 정성스럽게 꾹꾹 눌러 쓴 아버지의 글씨였다. 그곳에는 7년 전 돌아가신 어머니 핸드폰 번호도 있었다.

메모에는 그저 단순한 병력에 대한 기록과 낯선 곳에서 쓰러졌을 때를 대비해서 가족의 전화번호를 기록해 둔 것뿐이었다. 하지만 그 메모에 아버지의 삶의 모습이 고스란히 보이는 듯했다. 가족에 대한 사랑과 어머니에 대한 그리움까지도.

 "걱정하지 마라, 인명은 재천이야. 아빠가 먼저 가서, 너희들 앞길을 다 순탄하게 만들어 놓고, 귀띔해 줄게. 아빠는 너희가 있어서 행복했단다. 생각해 보니, 내가 참 잘 살았다 싶구나. 허허허…."

 아버지는 생전에 수염 기르고 싶다고 말했었는데, 그곳에서는 수염을 길게 길렀을까. 허연 긴 수염을 쓸어내리며 초인처럼 허허롭게 웃고 있을지도 모르겠다.

 스치는 사람에게서 문득, 잊고 지냈던 그리운 냄새를 느낄 때가 있다. 그럴 땐 나도 모르게 코를 벌름거리며 그 향기를 놓치지 않으려 애쓴다. 그리고 눈을 감고 숨을 크게 들이마신다. 그 순간, 뇌 깊숙이 기록된, 오래된 감각의 파일을 열 듯, 잊었던 기억의 조각들을 선명하게 소환해 낸다. 아련한 온기, 혹은 쓰라린 아픔이 가슴 가득 차오르는 듯한 짜릿함. 동공이 커지며 가슴이 요동친다. 저절로 옅은 감탄사를 토해낸다. 누가 알까? 이 세상 모든 고통을 잊게 하는 달뜬 희열을. 나의 맥박은

빨라지고, 혈관을 타고 뇌로 퍼지는 뜨거운 기운에 정신은 몽롱해진다. 간신히 부여잡은 눈동자의 힘이 스르륵 풀리며 까무룩 눈꺼풀이 내려앉는다. 그때 나는 영원처럼 붙잡고 싶은 찰나보다 더 짧은 순간의 황홀경을 맛본다. 그것은 그리움일까? 아니면 외로움이 만들어낸 환각일까?

새벽의 발자국

낡은 방문 앞에 선 그녀의 발밑에는 새벽의 찬 기운이 실핏줄처럼 흘러들었다

새벽의 발자국

 여든 중반을 넘긴 이 여사의 시간은 남편이 떠난, 그날 이후 멈춘 채 고여 있었다. 화장실 선반에는 남편이 쓰던 인삼비누 조각들이 향기를 내며 장식처럼 놓여 있었고, 면도기도 언제든지 사용할 수 있도록 깨끗이 솔로 털어 충전해 두었다. 옷장 속에는 맏손주 결혼 예단으로 장만한, 특별한 날에만 아껴 입던 버버리 코트와 양복 한 벌을 넥타이와 함께 걸어두었다. 칠 년, 세월이 흘렀다고는 하지만 그녀의 시간은 어디에도 흐르지 않았다. 찻잔 속 갇힌 물처럼 짙은 고요함으로 달력은 여전히 벽에 걸려 있었고, 그녀는 날짜에 빨간 동그라미를 남겼다. 그 빨간 원은 해마다 어김없이 돌아왔고, 달력의 나머지 날들은 희미하게만 지나갔다.

 오늘은 그날이었다. 일곱 번째 기일. 여든 중반을 넘긴 그녀의 일상은, 이날만큼은 돌멩이가 떨어진 수면처럼 심장이 격렬히 요동쳤다. 그리움과 원망, 기다림과 체념이 교차하며, 소용돌이치는 감정을 한 잔의 물속에 담기엔 너무나 넘치는 것이 되어버렸다.

이 여사는 낡은 화장대 서랍을 조용히 열었다. 먼지 뽀얗게 앉은 벨벳 상자 속에서 남편의 회중시계를 꺼냈다. 부드러운 손길로 먼지를 닦아내자, 반질반질한 금속이 빛을 머금었다. 태엽을 감는 손끝이 미세하게 떨렸다. 귀에 시계를 가져갔다. 소리가 멈춘 시간 속에 갇힌 그녀의 현실을 몰아내듯 초침 없는 시계는 작은 소리를 내며 움직이기 시작했다.

늦은 오후, 침묵이 팽팽하던 집에 아들네, 딸네, 손주며느리, 증손주까지 북적였다.

"어머니, 이건 며느리가 직접 만든 육전이에요."

"엄마, 오늘은 날씨도 맑아서 참 다행이에요."

"일찍 오려고 했는데…."

모두가 한마디씩 붙였지만, 그들의 말 속에는 스치는 바람처럼 얇고 가벼운 진심만 담겨 있었다. 이 여사는 잔잔하게 웃는 표정만을 내보였다. 그들의 걱정은 그녀의 고독 옆에 다가서지 못하고 스쳐 지나갈 뿐이었다. 북적이는 분위기는 낯설었고 그녀를 더 쓸쓸하게 만들었다.

굴비, 육전, 무나물, 도라지나물 등, 그리고 남편이 생전에 아침 식사로 늘 찾던 우유 넣은 인스턴트커피와 프렌치토스트를 영정사진 가장 가까운 곳에 올렸다. 제사상은 정갈했다. 그러나 아직 뫼 올리기에는 이른 시간이었다. 벽걸이 시계를 흘끔 보는 손주며느리의 눈가가 피곤해 보였다. 간밤에 아이가 아팠다는 말을 들었던 것도 같았다. 손주는 넥타이를 살짝 풀고 있었다. 며칠째 야근에 시달려 눈 밑에 그림자가 내려앉은 것이 보였다. 사정을 들어 알고 있음에도 불구하고 "향 피울까요?" 조심스럽게 묻는 며느리에게 이 여사는 눈살을 찌푸렸다.

이 여사는 밖을 내다보고 시계를 올려다봤다. 9시가 조금 넘었다. 이 여사는 머리를 흔들며 미간을 모았다. 아직 시간이 안 됐다는 무언의 표현이었다. 눈치 빠른 딸이 쪼르로 밖으로 나갔다 들어오며, "엄마, 아빠 들어오시게, 대문도 현관문도 열어 놨어요. 그만 지내시죠. 아빠도 이해하실 거예요." 생글생글 웃으며 이 여사의 팔을 잡아 일으켰다.

"어머니 그러시죠. 애들 내일 출근도 해야 하는데…."

이 여사는 그들의 지친 모습이 마음에 걸렸지만, 예전 시아버님 살아계실 때 자정에 지내던 의식을 남편이 1시간이나 앞당겼고 자식들이 분가하면서 그나마 밤 10시에 지내게 되었다.

이 여사는 더 이상 앞당길 수는 없다고, 이건 망자에 대한 도리가 아니라고 판단했다. 하지만 자식들이 돌아갈 밤길을 생각하니 무조건 도리나 격식만 고집할 수는 없는 노릇이었다. '그래 조금 일찍 지내자.' 그녀는 담담하게 명령했다.

"뫼, 올려라!"

이 여사는 상 앞에 앉아 향불 위로 피어오르는 연기를 바라보았다. 그 가느다란 연기를 따라 그녀의 초점은 서서히 멀어지며 아련해졌다. 남편에게 닿을까, 아니면 다시 되돌아와 가슴을 태울까. 허공으로 퍼져 오르는 향연은 닿을 수 없는 곳으로 보내는 그녀의 염원 같았다.

사위가 잔을 올리고 딸과 손녀가 함께 절을 올렸다. 아들 내외는 잔도 올리지 않고 뒤에서 고개만 숙여 기도하는 듯했다. 그 뒤로 어릴 적에 남편이 눈에 넣어도 안 아프다고 끼고 살던 손자가 조용히 서 있었다. 어린 증손주는 답답했는지 어미 손에 잡힌 손을 배배 비틀어 빼내려 하다가는 안 되자 바닥에 누워 버둥거렸다. 이 여사는 그것을 못 본 체했다. 그러나 증손주가 내뱉은 한 마디는 날카롭게 귀를 찔렀다.

"할아버지한테 절하면 안 된대요. 우리 목사님이 우상숭배랬어요."

공기가 멎은 듯 조용해졌다. 당황한 손주며느리는 아이의 등

새벽의 발자국 • 173

을 때렸고, 아들은 이 여사의 시선을 피하며 입술을 깨물었다. 이 여사의 속에서 무언가가 울컥 솟구쳤다. 그 자리에서 '그럴 거면 오지 말라!' 고함치고 싶었다. 아마도 그렇게 했더라면 마음은 시원했을지 모르지만, 그 말은 화살처럼 자신에게 되돌아올 것이 분명했기에 내일을 생각하며 꾸욱 눌러 참았다. 남편에게 바치는 시간마저도 이렇게 흔들리는 것이 못내 서글펐다. 하지만 엄마의 임종을 못 보는 것도 자식 된 도리로는 평생 짊어지고 갈 불효인데 싶은 생각에, 뒤에 남을 자식들의 심정이 헤아려져 마음이 짠했다.

'유언은 못 남길망정 매몰차게 말해서 자식들 마음에 상처만 남기고 갈 수는 없지.'

이런 어미 속도 몰라주는 자식들이 한편으로는 야속하고 서운하지만 애써 벌떡이는 가슴을 탁탁 치며 진정시켰다. 자식들이 귀가 준비를 서두르는 사이, 이 여사는 주섬주섬 먹을 것을 챙겨 가는 손마다 한 봉지씩을 손에 들려주었다.

"어머니, 부디 건강하세요."

"엄마, 혼자 지내기 적적하면 우리 집에도 오시고, 이 집 저 집 마실 삼아 몇 달씩 놀다 가세요."

저마다 인사 속에 걱정을 담았다.

"내 걱정하지 말고, 너희들이나 잘 살아."

모두 떠난 뒤, 방 안에는 다시 정적이 내려앉았다. 이 여사는 조용히 앉아, 향이 다 타버린 재를 손끝으로 툭툭 털었다. 그리고 자리에서 일어나, 제기를 정리하면서 아들이 거실 책장에 넣어둔 액자를 도로 꺼냈다. 남편의 영정사진. 그 사진 속의 그는, 세월이 멈춘 듯 얼굴 가득 환한 미소를 머금고 있었다. 시간은 오직 이 여사에게만 흘러갔다.

"이번엔, 제발 약속 좀 지켜요."

속삭이듯, 그러나 날카롭게 그녀가 말했다. 사진을 다시 조심스레 제자리에 두고, 방으로 돌아온 그녀는 장롱을 열고 진분홍빛 명주 한복을 꺼냈다. 결혼식 때 입었던 그 옷. 칠 년째, 매년 오늘이면 꺼내 입는 옷이었다. 이제는 빛이 바랬지만, 그녀에겐 가장 빛나는 순간을 품은 옷이었다. 화장대 앞에 앉아, 파운데이션을 덜어 손가락 끝으로 조심스럽게 펴 발랐다. 주름 사이로 스며드는 색조는 시간의 흔적을 지우려는 마지막 저항처럼 도드라졌다. 눈썹을 그릴 때는 손이 조금 떨렸고, 그 떨림 속엔 기대와 슬픔, 두려움이 뒤섞여 있었다.

"이젠… 올 때가 됐잖아."

창밖으로는 고요히 달빛이 내려앉고 있었다.

*

 옷고름을 매만지며 이 여사는 눈을 감았다. 부드러운 목소리가 그녀를 불렀다. 선자 씨! 화들짝 눈을 떴다. 두리번거렸다. 아무도 없었다. 거울 속에는 주름진 여자가 쓸쓸하게 그녀를 바라보고 있었다. 거울 속 여자가 가엾어졌다. "바보!"라고 나지막이 읊조리자 거울 속 여자가 잔잔한 미소를 지으며 서서히 멀어져갔다.

 어느새 이 여사는 꿈 많은 스무 살의 선자 씨가 되어 거울에 떠올랐다. 싱그러운 봄 햇살을 받아 반짝이는 시냇가를 따라 선자 씨는 신작로를 걷고 있었다. 그날, 그녀는 발끝을 고쳐 디디며 긴장한 숨을 내쉬었다. 친구 민정이 보자고 했다. 졸업 후에도 서로 편지를 주고받던 둘은 오랜만에 읍내 찻집에서 만나기로 했다.

 선자야, 그날 꼭 입고 와. 그 하얀 블라우스랑, 체크무늬 치마 알지?

 전화가 없던 시절, 편지 속엔 그날 입을 옷까지 지시되어 있었다. 선자 씨는 웃으며 속으로 '그럼'이라고 가볍게 응답했지만, 왠지 낯선 예감이 들었다.

그 찻집은 읍내에서 유일하게 라디오 음악이 흘러나오는 공간이었다. 창문 유리엔 물기가 어려 있었다. 민정이 남자와 함께 앉아 있는 것을 발견했을 때, 선자 씨의 심장이 낯선 설렘으로 콩닥였다. 민정은 활짝 웃으며 외사촌오빠라며 말쑥한 정장 차림의 청년을 소개했다.

"처음 뵙겠습니다. 강효빈입니다."

정중하면서도 부담스럽지 않은 표정. 무엇보다, 눈빛이 인상적이었다. 기계적으로 웃는 사람이 아니었다. 눈에 온기가 있었다. 호기심도, 조심도 있었다. 당황한 선자 씨는 얼떨결에 인사를 하고 그가 권하는 자리에 반쯤 허리를 숙이며 얌전히 앉았다. 그는 옅은 미소를 지으며 목각 인형을 선물로 건넸다. 그것은 여러 개의 인형이 크기별로 포개져 있어 마지막에 무엇이 나올까 궁금해하며 열었다. 나중에서야 인형에 담긴 의미를 알았지만, 그 당시의 그는 미래에 대한 꿈을 담고 있는 듯 말했다. 선자 씨는 왠지 모르게 그에게 끌렸다. 그의 말 한마디 한마디가 수줍은 그녀의 마음을 똑똑 두드리는 것만 같았.

그날 오후는 짧았지만 그와의 만남이 묘하게 기억 속에 맴돌며 시간이 흐를수록 더욱 선명해졌다. 그리고 그와의 대화가 문득문득 떠올라 그녀의 얼굴을 달아오르게 했다. 어쩌다 첫 만남에서 죽음이라는 화두가 튀어나왔는지 모르겠지만, 죽음

앞에서는 모든 철학이 겸손해진다는 그의 말에 그녀는 슬픈 말인데, 이상하게… 따뜻하게 느껴진다며 말끝을 흐렸었다. 그는 진지한 눈으로 그녀를 바라보았다. 그 순간, 그녀는 가슴이 떨렸다. 야릇한 친밀감이 들었다. 이런 감정은 처음이었다.

그날 이후, 그는 거의 매주 편지를 보내왔다. 그녀의 집안은 보수적이라 연애는 상상도 할 수 없었지만, 그녀는 자신도 모르게 그를 기다렸다. 그가 읍내까지 오겠다고 하면, 먼저 나와 멀리서 몰래 기다렸다. 그들의 사랑은 말보다는 생각의 공명으로 이어졌다. 그렇게 몇 달이 지나, 그는 말없이 그녀의 손을 잡았다. 겨울 초입이었다.

"당신 같은 사람을 난 다시 못 만날 것 같소."

그 순간, 그녀는 웃지 않았다. 눈물이 먼저 고였다. 기쁨도 슬픔도 아닌, 무언가 더 복잡한 감정이 마음속을 가득 메웠다. 강효빈의 아내라는 새롭게 부여된 삶에 대한 두려움이라고 할까. 하지만 그녀는 그를 사랑했다. 두려움이 고개를 쳐들 때마다 같은 곳을 바라보며 함께 웃고 함께 늙어 가자는 그의 말을 되새기며 위로했다.

그는 다정하고 성실한 가장이었다. 이 같은 삶이 영원하리라 믿었다. 그러나 시간이 흐르면서 그의 다정은 삶의 무게에 묻혀 버렸으며 말수가 줄었고, 엄마의 치마폭에서 맴돌던 아이들도 각자의 공간을 찾아들었다. 그녀의 삶을 침묵과 고요가 휘감았다. 그녀가 원하던 삶은 점점 멀어져갔고 그녀 곁에 외로움과 고독이 싸여갔다.

어느 날 거실에서 혼자 뜨개질하다 실이 엉켰다. 문득 자신도 그 실처럼 꼬이고 있다고 느꼈다. 풀고 싶어도 어디서부터 잘못되었는지 알 수 없었다. 그는 바깥일에 더 치중했고, 회사에서의 성과, 사회적 위치에 그녀를 등한시하기도 했다. 아이들의 교육은 그녀에게 맡겼고, 조금의 실수라도 생기면 그녀의 상황 인식에 대한 무신경을 탓했다. 그녀는 어느 때부턴가 평행선이 되어 그의 시선 밖에 서 있다는 절망감을 느꼈다.

"아이들도 다 컸는데, 나도 뭐 좀 배워볼까 싶은데…."

그는 고개를 끄덕이지도, 그렇다고 반대하지도 않았다. 대신 신문을 넘기며 중얼거렸다.

"그 나이에 뭘…."

그는 집안에서 거의 말을 하지 않았다. 자식들에게는 든든한 아버지였고, 동료들에게는 신망 높은 선배였지만, 선자 씨에게 그는 점점 낯선 동거인으로 변해갔다.

유리창이 바람에 덜컹거리던 어느 겨울밤에 그녀는 그가 등을 돌린 채 잠든 모습을 보았다. 불현듯 눈물이 쏟아졌다.

'같은 곳을 바라보며 함께 웃고 함께 늙어 가자고 했던 사람

이 맞나? 혹시 그의 영혼을 누군가 훔쳐 간 것은 아닐까?'

그녀는 그의 등에 얼굴을 묻었다. 고른 그의 숨결이 느껴졌다. 그녀는 조용히 속삭였다.

"효빈 씨… 나 여기 있어요. 여전히, 당신 곁에 있어요."

하지만 그 말은 고요한 어둠의 이불 속으로만 흘러들었다. 갱년기의 그녀에게 필요한 대상은 든든한 남편도 소중하지만, 다정했던 효빈 씨가 더 절실했다. 그녀의 존재가 흔적 없이 사라질 것 같은 절망감으로 두려웠다. 그녀는 애원하듯 그를 불렀다. 하지만 감각이 무뎌진 그의 등은 그대로였다.

이렇게 늙어 가는 걸까? 부부는 대화를 잃었고, 부부의 풍경은 반복적인 일상의 동선으로만 남았다. 서로를 향한 호기심도, 질문도 사라졌고, 어느샌가 그들은 마주 보는 대신 앞만 보고 걸었다. 그러나 그마저도 점점 희미해져 갔다.

한여름 밤, 정전되어 불이 꺼진 거실에서, 그녀는 혼자 촛불을 켰다. 그 촛불이 벽에 희미한 그림자를 만들었다. 그 벽에 그려진 검은 물체를 보는 순간 그녀는 이상하게 언제 어디선가 본 듯한 낯익음을 느꼈다. 그림자는 하나였다. 그의 그림자가 없는 벽 앞에서 그녀는 깨달았다. 그는 늘 바빴고, 그녀는 늘 그 자리에 있었지만, 그들은 이미 오래전부터 같은 시간을 살지 않고 있었다.

*

이 여사는 안방으로 향했다. 칠 년째 비어 있는 남편의 자리 옆에 누웠다. 창문으로 쏟아지는 달빛과 별들이 이불 위로 차갑게 쏟아져 내렸다. 눈을 감자 심장이 격렬하게 뛰기 시작했다. 내일 아침, 눈을 뜨고 싶지 않았다. 이대로 시간이 멈추었으면 좋겠다고 간절히 바랐지만, 깊은 불안감이 그녀를 잠식했다.

'무엇이 잘못되었을까.'

매년 남편의 기일이면 반복되는 고통스러운 의식이었다. 가장 고운 옷을 차려입고 잠자리에 들었으며 다음 날 아침이 밝아오면 눈뜨기를 거부하며 스스로에게 질문했다.

'뭐가 잘못된 거지? 우리에게? 나에게?'

밤새도록, 혹은 동이 틀 때까지 그녀는 이 질문 속에서 헤어나오질 못했다.

이 여사의 이러한 집착에는 시부모님으로부터 내려온 이야기가 깊게 자리 잡고 있었다. 시아버지는 시어머니보다 세 살 연하였다. 두 분의 금슬은 유별났다. 시아버지의 눈에는 늘 시어머니만 담겨 있는 듯했고, 시어머니는 그런 남편을 지극정성으로 섬겼다. 시부모님의 제사는 한날이었다. 그렇다고 그분들이 한날한시에 돌아가신 것은 아니었다.

"보게나! 어르신께서 먼저 저승에 가서 터를 딱 닦아놓고 삼 년 만에 마나님을 데려간 게여!"

동네 사람들은 시부모님의 죽음을 전설처럼 이야기했고, 삼년상은 저승에서 집을 짓는 시간이라는 믿음까지 생겨났다. 동네 사람들은 '저승길도 함께 간 부부'라며 칭송했다.

시어머니는 늘 '그 양반-'을 말할 때 끝 음을 길게 끌 듯 특별한 호흡을 가졌다. 그 양반-, 시어머니의 말투 속에서 시아버지는 '그 양반-'으로 살아 있는 사람처럼 존재했다.

그 양반-은 술을 싫어했지. 명절에도 안 마셨어. 그 양반-은 약조를 어긴 적이 없었어. 내 생일에도, 첫서리 내리는 날에도 꼭 들꽃을 꺾어다 주었지. 그 양반-은 찬찬하기도 하시지, 내 신을 언제 보셨는지, 비 오는 장날에 손수 새하얀 고무신을 사 들고 오셨더라고.

이 여사는 처음엔 그런 이야기를 가볍게 넘겼다. 세상 모든 노인은 과거를 미화하는 법이고, 죽은 이는 언제나 '좋은 사람'이 되는 법이니까. 그러나 해를 거듭할수록, 그 말들의 결이 바뀌어 보이기 시작했다. 그 전설 같은 이야기를 정점으로 끌어올린 건, 시어머니의 죽음이었다.

시아버지가 돌아가신 지 정확히 삼 년이 되는 날, 시어머니는 자는 듯이 숨을 거두었다.

"그 양반이 데리러 올 거야."

그게 시어머니의 마지막 말이었다.

당시 방 안에 있었던 이 여사는 그 말을 또렷이 들었다. 그날 시어머니는 곱게 단장했고, 창가에 앉아 달이 저무는 방향을 오래 바라보았다. 그리고 미리 꺼내놓은 흰 저고리와 남색 치마를 차례차례 입었다. 그 모습은 섬뜩할 만큼 고요했고, 두려울 만큼 초연했다. 이 여사는 한동안 그날의 광경을 머릿속에서 지울 수 없었다. 노인의 죽음은 보통 그런 식으로 오지 않는다. 그러나 시어머니는 준비된 자처럼, 혹은 약속을 지키는 사람처럼 죽음을 맞았다. 정말 '그 양반-'이 그녀를 마중 나온 듯했다.

장례를 치르고 난 뒤, 그녀는 시어머니의 유품을 정리하다가 작은 수첩을 발견했다. 겉장은 낡아 찢어졌고, 종이는 습기에 눅눅했다. 그 안엔 뜨문뜨문 몇 개의 문장만이 적혀 있었다.

다음 생에서도 당신이면 좋겠소.
당신이 먼저 떠났으니, 나는 마중만 기다립니다.
이 봄이 마지막일지도.
벌써 발소리가 들리는 듯.

이 여사는 그 수첩을 오래 들여다보았다. 글씨체는 단아했고, 문장에는 진심이 묻어났다. 그리고 그 순간, 이 여사는 무심결에 중얼거렸다.

"나도… 그렇게 가고 싶어."

*

이 여사는 그 이야기를 늘 마음 깊이 새겨두었다. 먼저 간 사람이 저승에서 삼 년 동안 새 집을 짓고 남은 이를 데리러 올 것이라는 믿음. 그것은 사랑하는 사람을 잃은 슬픔 속에서도 다시 만날 날을 기다리는 희망의 메시지였다.

남편이 세상을 떠난 후, 이 여사는 시어머니를 떠올렸다. 그렇게 기다리다 보면, 언젠가는…. 언젠가는 정말로 문을 두드리는 발소리가 들릴지도 모른다고. 눈에 보이지 않아도, 심장은 그 발소리를 알아챌 거라고. 그 믿음은 점점 하나의 습관이 되었고, 습관은 다시 형식으로, 형식은 의례로 굳어갔다. 매년 기일마다 곱게 옷을 차려입는 일, 머리를 정갈히 빗는 일, 방을 치우고 향을 피우는 일. 그 모든 행동은 이 여사에게 마중을 준비하는 의식이자, 과거로부터 물려받은 어떤 장엄한 전통 같은 것이 되었다. 그녀는 시어머니처럼, 조용히 기다릴 준비가 되어 있었다. 그러나 어느 밤에는 불현듯 의심이 스며들었다.

'시아버지는 정말 시어머니의 마중을 나왔던 걸까? 혹시, 시어머니가 스스로 꾸민 이야기 속에 나를 밀어 넣은 건 아닐까?'

이렇듯 부정한 생각이 꼬리를 물기도 했었다. 그러면 다시 생각을 고쳐먹었다. 설령 그것이 우연의 일치였더라도, 그 이야기가 그녀를 견디게 해주었다면 그것으로 만족할 것이 아니겠는가. 그녀는 아직도 그 수첩을 장롱 깊은 곳에 고이 간직하고 있었다. 다시 펴보진 않았지만, 그 안의 문장들은 그녀의 가슴 속에서 종종 되살아났다. 마치 누군가가 살아 있는 것처럼, 그리고 그 누군가가 언젠가는 꼭 자신을 데리러 올 것처럼.

남편이 세상을 떠났을 때, 이 여사는 그 전설을 떠올리며 스스로를 위로했다.

'내 남편도 지금 나를 위해 저승에서 집을 짓고 있겠구나. 삼 년 뒤에는 반드시 나를 데리러 올 거야.'

남편이 떠난 지 삼 년이 되었을 때, 그녀는 시어머니처럼 가장 고운 옷을 차려입고 밤을 지새웠다. 밤사이에 남편이 자신을 데리러 올 것이라고, 시부모님처럼 영원히 함께 할 수 있을 거라고 믿어 의심치 않았다. 그녀가 철석같이 믿는 데에는 그만한 구석이 있었다.

남편의 죽음을 준비하라는 의사의 말이 있었지만, 이 여사는 실낱같은 소생의 희망을 품고 열심히 기도할 때였다. 소식을 듣고 멀리서 친정 동생들이 병문안 왔다. 모니터링을 위해 남편의 몸 여기저기에 부착된 패드와 집게를 보곤 서로들 말을 잊은 듯 어찌할 줄 몰라 했다. 남편은 때가 되면 다 가는 게 죽음의 이치라며 허옇게 백태가 낀 입을 벌려 쓸쓸하게 웃었다. 남편의 반응에 친정 동생들은 그제야 말문을 열었다. 이것저것 행복했던 이야기 끝에 남편은 친정 동생들 앞에서 그녀에게 사랑을 고백하듯 마음속에 간직했던 마음을 털어놓았다.

"내가 지금까지 행복하게 살 수 있었던 것은, 모두 당신 덕분이야. 당신은 나에게 최고의 아내였어. 늘 고맙고, 사랑해. 그리고 미안해, 여보!"

그는 쑥스러운지 버석한 이마를 쓸며 환하게 웃었다. 그 순간 그를 향한 서운했던 온갖 미움이 눈 녹듯 사라졌다. 그래서 그녀는 그 전설이 자신에게도 찾아올 것이라 찰떡같이 믿었던 것이다. 하지만 기일 다음 날이면 어김없이 아침 해는 떠올랐고, 그녀는 홀로 안방에 누워 있었다. 남편은 오지 않았다. 실망감은 컸지만, 그녀는 애써 그 감정을 억눌렀다.

'어쩌면 우리 남편은 더 좋은 집을 짓고 싶어서 시간이 좀 더 걸리는 걸지도 몰라.'

그렇게 사 년, 오 년, 육 년…, 해가 갈수록 그녀의 기다림은 깊은 의문과 불안으로 물들어 갔다.

'혹시…, 시부모님 이야기는 그분들에게만 해당하는 특별한 이야기였던 걸까? 혹시…, 우리 부부의 사랑은 시부모님처럼 강하지 못했던 걸까? 혹시…, 남편이 나를 데려갈 만큼, 나를 충분히 사랑하지 않았던 걸까? 아니, 혹시…, 내가 남편을 충분히 사랑하지 않았다고 오해하고 있는 것은 아닐까? 그래서 그가 나를 데리러 오지 않는 걸까? 혹시…, 혹시….'

  온갖 종류의 고통스러운 의문과 자기 부정적인 생각들이 그녀를 괴롭혔다. 매년 기일마다 반복되는 '무엇이 잘못되었을까?'라는 질문은, 사실 '왜 당신은 나를 데리러 오지 않는가!' 하는 남편을 향한 원망이자, 자신을 향한 가혹한 자책이었다.

*

  사랑했던 순간만큼이나 아팠던 순간들도 선명했다. 완벽하지 않았던 그들의 관계가, 혹시 남편이 자신을 데리러 오지 않는 이유일까. 시부모님처럼 완벽한 사랑이 아니었기 때문에, 자신이 버림받은 것은 아닐까. 그런 불안감과 자책이 칠 년 동안 그녀를 갉아먹었다.

  생각은 꼬리에 꼬리를 물었다. 남편은 정말 저승에서 그녀를 데려갈 준비를 하고 있기는 하는 걸까? 시아버지의 이야기는 마치 신화 같았다. 피난길에도 고향 마을 어귀에 커다란 솥 세개를 걸고, 굶주린 피난민들에게 시래기죽을 퍼 주시던 분. 그 선한 마음이 하늘에 닿아 사후에도 복을 받은 것일까. 이 여사는 마음속으로 빌고 또 빌었다. 시아버지의 그 엄청난 선행을 남편도 조금이나마 물려받았기를.

하지만 기억 속의 현실은 씁쓸했다. 남편은 법 없이도 살았던 사람이지만 누구를 위해 봉사하는 것을 그녀는 본 적이 없었다. 심지어 적십자 회비를 걷으러 온 동장에게까지 "돈벌이 못한 지 몇십 년 된 늙은이가 무슨 돈이 있다고 회비를 내래? 나 같은 사람한테는 돈을 줘야지!" 하며 호통을 치지 않았던가. 어쩌면 남편은 저승에서 터 닦을 '복돈' 한 푼 만들지 못한 게 아닐까? 그의 이기적인 마음이 그를 그곳에 묶어두는 건 아닐까, 이 여사의 마음은 안타까움으로 시렸다.

이 여사의 마음을 더욱 초조하게 만드는 기억이 또 떠올랐다. 시아버지는 젊은 시절 사냥터에서 홀로 쫄래쫄래 따라오던 누런 강아지를 집으로 데려와 '황구'라 이름 짓고 애지중지 키웠다. 황구가 늙어 대청마루 밑에서 눈만 끔뻑거릴 때까지 곁을 내주었다. 그 개는 숨 쉬는 것조차 힘들어 보였지만, 시아버지는 자연사하기 기다렸다가 묻어주겠다고 말했었다. 복날이 가까운 어느 날 시아버지가 외출한 사이에 시어머니가 머슴과 시동생들을 시켜 황구를 잡았다. 출타해서 돌아온 시아버지는 그 사실을 알고 크게 노했다. 황구의 뼈 한 점도 남김없이 추려 오라고 해서 정성껏 묻어주었다. 그리고 엄명을 내렸다. 이 집 안에서는 절대로 개고기를 먹어서는 안 된다고. 그래서 지금까지도 가족 중 누구도 개고기를 입에 대지 않았다.

아이들이 어릴 때였다. 선물 받아 키우던 치와와 깐돌이가 아련하게 이 여사의 가슴을 찌르듯 생각났다. 깐돌이는 사랑스러웠다. 아이들은 집에 들어오면서 제일 먼저 깐돌이를 찾았다. 예뻐서 안고 비비적대며 입을 맞췄다. 그런데 남편은 깐돌이에게 인색했다. 남편이 퇴근할 시간이 되면 깐돌이는 현관 앞으로 달려가 낑낑대며 문을 긁었다. 골목 어귀에서 남편의 발자국 소리가 들리면 반가움에 꼬리를 훼훼 치며 좋아했다. 하지만 그는 질색하며 발로 툭툭 차서 현관 밖으로 내쫓았다.

"동물은 집안에서 키우면 안 돼, 동물 털은 호흡기에 안 좋아!"

동물에게조차 그렇게 인색했으니, 시아버지 같은 큰 복을 받았을 리 만무하지. 그의 행동 때문인가 싶어 생각할수록 속이 상해 팔짝팔짝 뛰다 미칠 지경이었다.

*

일곱 번째 기일. 칠 년의 기다림은 그녀를 지치게 했지만, 마지막 희망의 불씨를 놓지 못하게 했다. 서랍 깊숙이 넣어두었던 남편의 낡은 회중시계를 품에 안았다. 거울 속 그녀의 모습은 작은 숨에도 무너질 것처럼 간신히 버티고 있는 듯 보였다. 밤이 깊어갈수록 심장은 요동쳤다. 잠자리에 누워 눈을 감았지만, 오만가지 생각이 꼬리를 물었다.

'시어머니는 정말 그날을 알고 계셨을까? 아니면 시어머니 역시 오지 않을 남편을 기다리다 끝내 포기하고 홀로 떠나신 것은 아니었을까? 그렇다면 내가 매년 고운 옷을 차려입는 행위는, 오지 않을 남편에게 보여주기 위한 헛된 치장일 뿐인가? 남편이 오지 않는다면, 그건 우리 사랑의 실패를 의미하는 걸까? 아니, 그건 내 삶의 실패를 의미하는 걸까?'

고통스러운 생각들이 파도처럼 밀려왔다가 생채기를 내고 밀려갔다.

어둑새벽의 기운이 초조하게 창문 틈으로 스며들었다. 이 여사는 여전히 누운 채 미동도 하지 않았다. 걷혀가는 어둠이 원망스러웠다. 이대로 눈을 뜨면 다시 남편 없는 여덟 번째 해를 마주해야 했다. 절망이 그녀의 목을 조여왔다.

바로 그때였다. 고요를 깨고, 방문을 두드리는 소리가 들렸다. 아주 작고 조심스러운 소리였다.

"똑똑!"

이 여사의 몸에 순간적으로 전기가 통한 듯 긴장감이 흘렀다. 자식들은 모두 돌아갔고, 이 시간에 찾아올 사람은 아무도 없었다. 환청일까? 칠 년간 기다려온 순간이 만들어낸 환상일까? 심장이 너무 세게 뛰어 귀에서 웅웅대는 소리밖에 들리지 않았다. 다시, 더 분명하게 두드리는 소리.

"똑똑!"

이 여사는 천천히 아주 천천히 몸을 일으켰다. 기대감과 두려움, 그리고 기나긴 기다림의 끝이라는 예감이 뒤섞여 숨이 막혔다. 다리가 후들거렸다. 그녀는 보이지 않는 힘에 이끌리듯 몸을 천천히 움직이며 문으로 향했다. 낡은 방문 앞에 선 그녀의 발밑에는, 새벽의 찬 기운이 실핏줄처럼 흘러들었다. 문틈으로 새어든 여린 빛은 문밖 누군가의 기척인 양, 그녀의 손등 위에서 살짝 떨며 머물렀다. 문고리를 잡은 손끝엔 냉기가 내려앉았다. 그녀는 떨리는 숨을 참으며 운명의 여닫이를 마주했다. 차가운 문고리에 손을 얹고 그녀는 깊이 숨을 몰았다. 그리고 운명의 문을 아주 느리게 열었다.

문밖에는… 아무도…, 아무것도… 없었다.

텅 비어 있었다. 새벽 기운에 물든 마루가 어둠을 훔쳐내며 붉은빛을 길게 드리웠다. 마당에는 바람에 떨어진 늦은 벚꽃잎 몇 개가 굴러다닐 뿐 멀리서 새소리가 들려왔지만, 그 소리조차 너무나 아득하게 느껴졌다. 아무도 없었다. 기적도, 재회도, 그녀가 칠 년간 기다렸던 그 어떤 존재도 문밖에 서 있지 않았다.

털썩. 그녀의 몸이 그 자리에 주저앉았다. 기다림의 끝이 허무라는 것을 알았을 때, 온몸의 힘이 빠져나갔다. 눈물도 흐르지 않았다. 그저 텅 빈 마루처럼, 마음도 텅 비어버린 것 같았다. 어쩌면…, 처음부터 아무것도 없었을지 모른다는 생각에 손에 쥐고 있던 회중시계를 놓쳤다. 째깍 째깍. 시계는 무심히 움직이고 있었다.

이 여사는 그 자리에 굳어진 채 허공을 응시했다. 칠 년의 기다림. 칠 년의 희망과 불안. 이 허무한 현실 앞에서 산산조각이 났다. 그곳에 남편은 없었다. 시부모의 아름다운 전설은 그녀에게는 도달할 수 없는 신기루였을 뿐인가.

그녀의 몸에서 힘이 쭉 빠져나갔다. 애써 곱게 차려입었던 진분홍색 한복이 무겁게 느껴졌다. 정성껏 화장했던 얼굴은 창백하게 질려 있었다. 문밖 허공을 바라보던 그녀의 눈가에 뜨거운 눈물이 차오르며 주르륵 주름진 골을 타고 흘러내렸다. 마른 오열이 목울대를 타고 올라왔다. 칠 년간 붙잡고 있던 마지막 희망의 끈이 끊어지는 순간이었다. 남편은 오지 않았다. 삼 년이 지나도, 칠 년이 지나도, 앞으로도 이 세상 어느 새벽도 그의 발자국을 데려오진 않을 것이다. 그 부재는 더 이상 의문이 아니라 견고한 현실이 되었다.

그때, 이 여사는 문득 깨달았다. 방금 들었던 문 두드리는 소리. 그것은 남편이 자신을 데리러 온 소리도, 저승사자의 부름도 아니었다. 그것은 바로…, 그녀 자신의 심장 소리였다. 아니면, 칠 년 동안 초조함과 절망 속에서 미친 듯이 요동치던, 그래서 환청처럼 문 두드리는 소리로 들렸던 자신의 염원의 소리였거나, 진실의 문을 열기 직전, 마지막으로 그녀에게 보낸 내면의 소리였던가.

남편은 오지 않는다. 그리고 시부모의 전설은, 그녀가 빌리고 싶었던 위안의 틀이었을 뿐이었다. 진실은 더 단순했고, 더 냉정했다. 그녀는, 오지 않을 사람을 기다리며 외로움을 추스르려 했던 것이다.

'무엇이 잘못되었을까?' 되뇌었던 질문은, 남편의 부재를 받아들이지 못하고 과거에 매달려 있던, 현실을 외면했던 자신을 향한 날카로운 비판이었음을 비로소 깨달았다.

문밖 허공에서 시선을 거둔 이 여사는 천천히 방 안으로 돌아왔다. 새벽빛이 방 안을 가득 채우고 있었다. 더 이상 눈을 감고 과거에 머물고 싶지 않았다. 눈을 똑바로 뜨고 이 현실을, 그리고 자신의 남은 삶을 마주해야 했다.

*

  남편은 오지 않을 것이다. 기다림은 끝났다. 칠 년이라는 긴 시간 동안, 이 여사는 남편을 기다린 것이 아니라, 남편 없는 삶을 살아갈 용기를 찾는 시간이었음을 깨달았다. 그녀를 옭아매던 약속과 기다림은 이제 더 이상 자신을 가두는 굴레가 아니었다. 그녀는 떨리는 손으로 문을 닫았다. 이제는 그를 놓아주고, 오롯이 자신만의 삶을 살아가야 할 차례였다. 그녀는 곱게 차려입었던 진분홍색 한복을 벗었다. 이제 이 옷은 더 이상 남편을 기다리는 옷이 아니었다. 소중하게 개어 옷장 깊숙한 곳에 넣었다. 시부모의 이야기는 아름다운 추억으로 간직할 뿐, 그녀의 삶을 옭아매는 굴레가 되지 않도록.

  이 여사는 창가로 다가가 창문을 활짝 열었다. 신선한 아침 공기가 가슴속 깊숙이 파고들어 왔다. 마당의 벚나무에서는 연둣빛 새잎들이 햇살을 받아 반짝였다. 창밖의 세상은 그녀의 기다림과 상관없이 생기 넘치게 돌아가고 있었다. 새소리가 환청이 아닌 실제로 맑게 들려왔다. 그것은 기다림의 끝을 알리는 소리이자, 새로운 시작을 알리는 축복이었다.

칠 년 만에, 이 여사는 비로소 깊은 잠에서 깨어났다. 오지 않을 남편을 기다리며 과거에 머물기보다 남은 삶을 자신을 위해 살기로 결심했다.

이제, 그녀만의 진홍빛 새로운 아침이 밝아오고 있었다.

한 사람의 방식

혼자의 시간은 이제 더 이상 두렵지 않았지만 가끔은 미래가 아득해 보였다

한 사람의 방식

 현진은 자리에 앉아 책상 위 커피잔을 들었다. 진한 커피 향이 콧속을 자극했다. 매일 아침 똑같은 시간에 마시는 커피였다. 맛보다는 그냥, 이 지긋지긋한 하루를 시작하기 위한 의식 같은 것이었다. 컴퓨터의 전원을 누르자 기다렸다는 듯이 화면에 엑셀 창이 떴다. 셀 하나하나에 숫자를 채워 넣는 반복된 업무. 키보드 위에 얹은 손가락들이 기계가 되어 저절로 움직였다. 생각할 필요도 없었다. 모든 게 자동이었다. 한 치의 오차도 없이, 매일 아침 8시 30분에 출근해서 이것저것 정리하고 자리에 앉아 정확하게 9시에 일을 시작했다. 잘 짜인 프로그램처럼.

 하지만 오늘은 달랐다. 생각만으로도 심장이 불규칙하게 그리고 빠르게 뛰었다. 오늘, 이 지겨운 루틴이, 이 숨 막히는 빌

덩이, 이 모든 것이 끝난다는 짜릿한 기대감과 함께 등줄기에 낯선 그림자가 드리워진 듯 묘한 기분에 휩싸였다. 손끝이 살짝 떨렸다.

"대리님, 이거 확인해주시겠어요?"

신입사원이 쪼르르 다가왔다. 이제 갓 사회생활을 시작한 초년생 특유의 반짝이는 눈과 서툰 열정이 고스란히 느껴졌다. 신입의 노트북 화면에는 온통 빨간 글씨의 오류 메시지가 가득했다. 현진은 잠시 신입의 노트북을 들여다보았다. 이미 답은 알고 있었다. 현진은 곧 이곳을 떠날 것이기 때문이었다. 서툴고 겁먹은 신입에게 더 이상 선배로서 무엇을 가르쳐줄 의무도, 시간도 없다는 사실이 관용처럼 현실로 다가왔다.

"좋아요. 수식 다시 한 번 점검해보고, 저 숫자는 김 주임한테 확인해 봐요."

현진은 최대한 평소처럼 나긋하게 말하려 애썼다. 목소리가 떨리지는 않았을까? 그녀의 변화를 알 리 없는 신입은 믿음에 가까운 힘찬 어조로 대답하며 제자리로 돌아갔다. 그녀는 신입의 활기찬 뒷모습을 보며 주변을 의식하고는 아주 짧게 입꼬리만 살짝 치켜 미소 지었다. 신입의 싱그러움이 타성에 묶은 자신과는 너무나도 대비되어 보였다. 그녀의 짧은 미소 속에는 오랜 회사 생활에 대한 피로와 곧 다가올 자유에 대한 기대, 그리고 알 수 없는 쓸쓸함이 뒤섞였다.

그녀는 시선을 돌려 컴퓨터 화면의 커서를 회의록 문서로 옮겼다. '사직서_최종본' 파일명을 바꾸는 순간, 손가락 끝에 짜릿한 전율이 흘렀다. 3개월 전부터 밤마다 몰래 작성하고 퇴고했던 문서. 이제 진짜 마지막이었다.

인쇄 버튼을 누르자, 프린터가 잉크를 뿜어내며 요란한 소리를 냈다. 그 소리가 왜 그리 크게 들렸을까. A4 용지 한 장이 트레이 위로 툭 떨어졌다. 그녀는 재빨리 주워 들고 파일 속에 넣었다. 고작 종이 한 장인데, 그 무게가 천근만근 느껴졌다. 십이 년의 시간. 그곳에서 쌓아 올린 경력, 안정적인 수입, 어쩌면 타인의 시선까지, 모든 것이 그 얇은 종이 한 장에 담겨 무겁게 어깨를 짓누르는 것 같았다. 하지만 동시에, 그 무게만큼의 해방감이 그녀를 감쌌다.

회의실에서 팀장 박선우는 차를 마시고 있었다. 그녀보다 두 살 어린 남자. 나이에 비해 침착하고 무던한 성격이었고, 업무 능력도 뛰어나 사리 분별이 정확한 사람이었다. 한때 그가 남자로 보였던 적이 있었다. 그의 평범한 배려를 환심으로 착각했었다. 그녀의 반응에 당황하던 그때의 모습이 떠올라 얼굴이 화끈 달아올랐다. 그녀는 숨을 한 번 깊게 들이쉬고, 결재판에서 사직서를 꺼내 그의 앞에 내밀었다.

"이게… 뭡니까?"

팀장의 한쪽 눈썹이 그녀의 예상대로 살짝 올라갔다. 그녀가 알고 있는 그의 표정 중에서 예기치 않은 정보를 마주했을 때의 당황스러움을 감추기 위한 그의 전략적 위장술이었다.

"사직서…."

"갑자기? 무슨 일이라도?"

현진은 그에게 갑자기가 아니라고 말하고 싶었다. 그러나 그녀는 아무런 말없이, 반쯤 남아있는 그의 커피잔만을 응시했다. 그녀의 묵언을 사직에 대한 굳은 의사라고 단정한 듯 정말 확고합니까? 생각을 바꿀 의향은 없습니까? 거듭 물었다. 그녀는 3개월 전부터 아니, 오래전부터 준비해 왔다고 당당하게 말했어야 했다. 하지만 이상하게 입 안이 바짝 말랐다. 수백 번 머릿속으로 시뮬레이션했던 이 순간. 하지만 막상 닥치니 이해할 수 없게 그녀의 의도와는 달리 심장이 터질 것 같이 벌렁거렸다.

"다른 회사에서 스카우트 제안이라도 받은 겁니까? 아니면 혹시…."

팀장은 결혼이라도 하려고 하는 것 아니냐고 직접적으로 묻고 싶었을 것이다.

"아뇨. 그냥 그만두려는 거예요. 다른 계획이 있어서가 아니라, 그냥… 이제 이 일을 그만하고 싶어서요."

자세한 설명 없이 그냥이라는 말로 눙치는 해명에 그는 이해하지 못하겠다는 표정을 지었다. 안정적인 직장을, 그것도 이렇게 갑자기 그만둔다는 것은 그의 상식으로는 쉽게 납득하기 어려울 것이다. 잠시 길고 어색한 침묵이 흘렀다. 회의실 창밖으로 보이는 회색빛 도심 풍경이 유난히 답답해 보였다.

"혹시 무슨 불만이라도…, 아니면 나와 무슨 문제라도…?"

그녀는 세차게 고개를 저었다.

"아닙니다. 팀장님은 정말 좋은 분이셨고, 회사도… 나쁘지 않았어요. 다만…."

현진은 차마 말을 잇지 못하고 팀장의 얼굴을 마주 보았다. 그의 눈빛에서 걱정과 의문이 뒤섞인 감정이 읽혔다.

"이제 그만 이 일 말고…, 제 인생을 살고 싶어요."

그 말은 준비해둔 문장이 아니었다. 미리 연습했던 근사한 이유는 다 머릿속에서 날아가 버렸다. 그저 가슴속에서 툭, 하고 튀어나온 진심이었다. 순수한 욕망에 가까운 말이었다. 앞날에 대한 기대와 긴장으로 목소리는 떨렸지만, 그 말을 입 밖으로 내뱉자 무거웠던 가슴 한구석이 조금은 가벼워지는 기분이 들었다. 사직서를 내는 일보다, 이 말을 했을 때 비로소 진짜 '사직'을 했다는 실감이 들어 후련했다. 하지만 발밑이 보이지 않는 깊은 심연을 마주한 듯한 막막함이 덮쳐왔다. 이제 진짜 혼자서, 오롯이 '내'가 되어야 할 시간이었다.

*

짙은 커피 향과 잔잔한 음악이 흘러나오는 카페 안은 평일 오후라 그런지 비교적 한산했다. 현진은 맞은편에 앉은 여동생 현아의 반응을 충분히 짐작하고 있었기에 사표 냈다고 말하고는 잠시 숨을 멈췄다. 그녀는 퇴사 이야기를 듣자마자 들고 있던 핸드폰을 떨어뜨릴 듯 놀라서 눈이 동그래졌다.

"퇴사? 언니, 진짜야? 진짜 그만둔 거야?"

그녀의 목소리는 예상 밖으로 너무 크게 터져 나왔다. 현진은 순간적으로 주변 사람들의 시선을 의식해 조용히! 검지를 입에 가져다 댔다. 그녀도 화들짝 놀라서 주변을 두리번거리며 목을 움츠렸다. 그녀를 진정시키기 위해 현진은 그녀의 손등을 토닥이며 조용히 말했다.

"응. 진짜야. 오늘 사직서 냈어."

"아니, 왜? 갑자기? 무슨 일인데 그래?"

그녀는 믿을 수 없다는 표정으로 연신 되물었다. 지금까지 성실하게 회사만 다닌 언니가 갑자기 이런 결정을 내렸다는 것에 쉽게 납득하기 힘들다는 눈치였다.

"그냥, 이제 그만하고 싶어서. 새로운 삶을 살고 싶어."

"새로운 삶? 야, 언니! 비혼도 하겠다는 사람이 돈줄까지 끊으면 어쩌자는 거야! 나이는 서른여덟이나 됐는데! 엄마가 알면 기절하시겠다!"

걱정 어린 잔소리가 따발총처럼 쏟아졌다. 불안함이 가득한 목소리였다. 그녀는 현진이 안정적인 삶의 궤도를 벗어나려는 것에 대해 도저히 이해할 수 없다는 표정을 지었다. 어쩌면 앞으로 현진의 불안정한 미래가 자기에게까지 영향을 미칠까 봐 두려워하는 것처럼 보였다. 현진은 말없이 컵에 담긴 아이스커피를 빨대로 저었다. 컵에 맺힌 물방울이 차갑게 손끝에 닿았을 뿐인데, 가슴이 저릿하게 숨이 멎는 듯했다.

"엄마한테는 말하지 마."

현진은 단호하지만 애원하듯 나지막이 말했다. 당장 엄마의 성난 목소리를 들을 자신이 없었다. 지금은 오롯이 이 결정의 무게를 혼자서 감당하고 싶었다.

"아휴, 진짜 언니 때문에 내가 미치겠다! 나중에 알게 되면 더 난리 날 걸?"

현아는 답답하다는 듯 셔츠 소매를 걷어 올리며 다시 핸드폰을 집어 들었다. 엄마에게 전화하려는 듯 액정을 터치했다. 현진은 급히 손을 내밀어 현아의 팔을 잡았다.

"아직은 안 돼. 나중에, 나중에 내가 직접 말씀드릴게."

"나중이 언젠데! 진짜 걱정돼 죽겠네! 언니, 진짜 괜찮겠어? 혼자서…, 어떻게 살려고 그래?"

현아의 진심 어린 걱정 속에서, 현진은 세상이 자신에게 요구하는 '안정'의 기준이 무엇인지 다시 곰곰이 생각을 덧붙였다. 생각하면 생각할수록 직장, 결혼, 아이… 그 모든 프레임 밖으로 걸어 나오는 것은, 그토록 불안하고 위험한 일로 치부되는구나. 하지만, 현진은 흔들리지 않았다. 이 불안함마저도 스스로 선택한 결과였다.

*

현관문을 여는 순간, 주방에서 저녁 식사를 준비하는 엄마의 등이 얼음처럼 굳어 보였다. 현아에게 신신당부했지만 엄마는 이미 모든 것을 알고 있는 듯했다.

"왔네. 뭐 하러 이렇게 갑자기 와. 일찍 연락이라도 했으면 너 좋아하는 고등어라도 사다 놨을 텐데."

엄마의 차가운 목소리가 수그린 그녀의 정수리에 날아와 박혔다. 현진은 애써 아무렇지 않은 척 신발을 벗고 들어섰다. 집 안에는 된장찌개 냄새가 가득했다. 익숙하고 편안해야 할 공간이 숨 막히게 낯설었다. 엄마의 눈치를 살피며 졸아들었던 마음이 돌연 반감으로 변해버렸다.

"엄마, 나 할 얘기 있어…, 퇴사했어."

엄마가 가장 듣고 싶지 않았을 말을, 가장 듣기 싫은 방식으로 내뱉고 말았다. 순간 정적이 흘렀다. 그리고 곧 쨍그랑! 요란한 소리를 내며 엄마의 손에 들려 있던 수저가 개수대 속으로 내동댕이쳐졌다. 그녀의 눈빛이 순식간에 매섭게 변하며 얼굴이 벌겋게 달아올랐다.

"그게 지금 할 소리냐! 나이는 먹을 만큼 먹어서 결혼도 안 한다더니 이젠 멀쩡한 직장까지 내팽개쳐? 당장 내일부터 뭐 해 먹고살 건데? 정신이 있는 거야 없는 거야!"

엄마의 격앙된 목소리는 불안과 분노로 떨렸다. 현진은 애써 침착함을 유지하며 말했다.

"엄마, 나 이제 회사 일 안 하고, 내가 하고 싶은 거 하면서 살 거야. 내가 번 돈으로 내가 살아. 앞으로도 그럴 거야."

"하고 싶은 거? 개 짖는 소리 하고 있네! 도대체 뭘 해 먹고살 겠다는 거야! 어떻게 그걸 네가 장담하니! 네 통장에 돈이 얼마나 있다고 그래! 앞으로 병이라도 나면? 외롭지나 않을까 걱정 안 되니? 나이 들어서 혼자 덩그러니 남으면 누가 돌봐준다고! 나 죽고 나면 어쩌려고 그래!"

엄마의 걱정이라는 이름의 비난은 끝이 없었다. 작은 식탁은 점점 더 좁아지는 것 같았고, 엄마의 목소리는 비명을 닮아가고 있었다. 그녀는 더 이상 대꾸하고 싶지 않았다. 어떤 말로도 엄마를 이해시킬 수 없다는 것을 알았다. 엄마는 자신이 생각하는 '정상적인 삶'의 궤도를 벗어나려는 딸을 용인해줄 준비가 되어 있지 않았다.

한때는 엄마에게도 남편이 있었다. 그가 남긴 상처를 모두 잊은 것 같은 엄마의 말에 현진은 심한 현기증을 느꼈다. 삼십 년 전, 그녀의 남편이자 현진의 아버지라는 사람은 무책임하게 명예도 가장으로서의 책임도 모두 훌훌 털어 버리고 혼자만의 행복을 위해 떠났다. 까마득히 잊고 있었던 비참했던 그날의 기억이 꿈틀대며 현진의 머릿속을 헤집었다. 기억에서조차 도려내고 싶은 존재였다.

현진은 그를 부정하며 머리를 세차게 흔들었지만 끔찍하게 머릿속에서 터져버리고 말았다. 거실 구석에서 겁에 질려 울음소리조차 못 내던 동생의 모습, 악을 쓰며 아버지의 멱살을 잡고 울부짖는 엄마, 그런 엄마를 뿌리치며 발길질하던 아버지의 모습….

"사람은 다 혼자야! 결국엔 모두가 다 혼자라고! 봐, 엄마도 혼자잖아!"

해서는 안 될 말을 쏟아냈다. 날카로운 비수가 되어 엄마의 심장을 찔렀을 것이다. 그녀는 아차 싶었지만, 이미 엎질러진 물이기에 애써 감정을 억누르며 끝까지 말을 이었다. 엄마는 주먹으로 식탁을 마구 두드리며 그녀의 말을 저지하려 했다. 그럴수록 그녀의 말은 점점 더 독해졌다.

"그래, 엄마. 나 그거 알아. 혼자라는 거. 외로울 수도 있다는 거. 그거 알면서 선택한 거야. 그리고… 외로운 거, 그건 결혼했다고 없어지는 게 아니잖아. 결혼하고도 외로운 사람 많아. 엄마는 아버지가 버리고 간 그 자리가, 아니 그 빈자리 때문에 외로웠어?"

절대로 해서는 안 될 아버지라는 말이 그녀의 입에서 튀어나오고 말았다. 입을 닫아버린 엄마는 밭은 숨을 몰아쉬며 두 눈을 부릅뜨고 그녀를 노려보았다. 엄마의 얼굴은 터질 듯 이마에 핏줄이 돋았다. 현진의 말이 틀리지 않다는 것을 그녀도 알 것이다.

인간은 사회 속에서 서로 밀어주고 끌어주며 함께하는 삶이라고 그럴듯한 말로 포장한들 종국에는 혼자 짊어지고 갈 삶의 무게인 것을. 중요한 것은 그 혼자의 시간을 어떻게 채워 나가느냐일 테고. 엄마의 얼굴에 원망과 함께 실망과 체념의 그림자가 깊게 내려앉았다. 영원할 것 같은 그녀의 어깨가 무너져 내렸다. 현진은 천천히 식탁에서 일어났다. 그리고 미련 없이 현관으로 향했다. 그녀는 더 이상 이 대화를 이어갈 힘도 의지도 남아있지 않았다. 그녀의 등 뒤에서 엄마의 울음소리가 터졌다. 그러나 현진은 돌아보지 않고 현관문을 닫았다.

*

본가를 나와 다시 돌아온 그녀의 공간. 좁지만 오롯이 그녀만의 공간이라는 사실이 세상 어떤 대저택보다 편안하게 느껴졌다. 그녀는 짐을 내려놓자마자 거실 한쪽에 쌓아둔 수채화 도구와 새하얀 캔버스를 꺼냈다. 3년 전부터 불면의 밤마다, 주말 내내 그려온 습작들이었다. 아직은 거칠고 다듬어지지 않은 붓질이었지만, 그녀의 모든 고민과 불안을 상쇄하는 단단한 의지가 담겨 있었다.

그녀는 억지로 꾸미거나 억누름 없이 온전히 자신으로 살아가기로 결심했다. 주변 사람들은 서른여덟의 비혼 여성이 안정적인 직장을 떠나 불확실한 모습으로 살아가는 삶에 대해 우려의 말을 아끼지 않고 그녀에게 건넸다. 하지만 그녀에게 중요한 것은 돈보다, 가족이 기대하는 삶의 방식보다, 세상이 말하는 성공보다, 그녀 자신이 존재라는 확신. 그 확신이 아무리 외로울지라도 이 길이 그녀의 길임을 믿었다.

하루 동안 겪었던 일들이 머릿속에서 필름처럼 스쳐 지나갔다. 회사의 낯선 시선, 동생의 불안함, 엄마의 절망적인 걱정까지. 세상은 끊임없이 현진에게 다 함께 사는 삶의 방식을 강요하는 듯했다.

"그림은 취미로만 하는 거야, 현진아."

"아트는 배고픈 길이란다."

어릴 적부터 귀에 못 박히게 들었던 말들이 그녀의 귓가를 맴돌았다. 하지만 충고로 들이미는 그 모든 목소리에도 불구하고 그녀는 흔들리지 않았다. 오히려 그들의 걱정은 자신의 선택이 틀리지 않았음을 증명하는 것처럼 느껴졌다. 숫자로 가득했던 엑셀 창이 아니라, 온전히 그녀만의 색과 선으로 채워갈 수 있는 빈 캔버스. 현진은 붓을 든 채 잠시 숨을 골랐다.

외롭다는 단어가 마음에 걸렸지만, 솔직한 감정이었다. 외로움을 인정하되, 외로움에 잠식당하지 않겠다고 다짐했다. 고개를 들어 창밖을 보았다. 오월의 밤은 도시의 불빛으로 가득했다. 무수히 많은 창이 빛나고 있었고, 그 불빛 하나하나에 각자의 삶이, 외로움이, 이야기가 있을 것이다. 그녀는 오직 혼자였다. 현상이든 허상이든 어쩌면 세상의 시선 속에서도. 하지만 무너지지 않았다. 오히려 이 고독 속에서 더 단단해지는 기분이 들었다. 자신의 선택에 대한 책임감, 그리고 스스로 삶을 개척해나가겠다는 의지가 그녀를 지탱해 주었다.

*

　퇴사 후 맞이한 일주일째 아침. 알람 소리 없이 눈을 떴다. 햇살이 창문을 비집고 들어왔다. 더 이상 억지로 몸을 일으켜 출근을 위해 준비하지 않아도 된다는 사실이 여전히 꿈만 같았다. 기지개 켜며 느긋하게 일어나 주방으로 향했다. 아침 식사는 간단하게 오트밀에 꿀을 조금 넣고, 얇게 썬 사과 몇 조각을 올렸다. 전자레인지에서 오트밀이 데워지는 소리, 커피 머신에서 커피가 내려지는 소리, 그 모든 소리가 일상의 평화처럼 느껴졌다. 퇴사 전에는 상상도 할 수 없었던 여유였다.

　현관 우편함의 알림이 떴다. 현관 앞에 회색빛 포장지 하나가 놓여 있었다. 별생각 없이 들어 올린 우편물에 쓰여 있는 발신인 이름. 김성윤.

　이름을 보는 순간 손끝에 냉기가 스쳤다. 심장이 후드득 울렁댔다. 추억이라는 서랍 속 깊숙한 곳에 묻어두었던 이름. 그녀의 스물둘에서 서른하나까지, 가장 찬란했지만 동시에 가장 아팠던 시간을 함께했던 남자. 헤어진 지 벌써 8년. 그의 소식을 의도적으로 차단했었다. 무엇일까. 두려움과 호기심이 뒤섞였다. 떨리는 손끝으로 포장지의 접착 부분을 뜯었다. 봉투 속에서 베스트셀러라는 광고 띠지로 덧씌워진 양장본 책이 나왔다. 혼자 있는 시간의 힘. 제목을 보는 순간 웃음이 피식 나왔다. 예전에도 그는 하고 싶은 말이 있으면 이런 식으로 책 속에 편지를 넣어서 주곤 했었다. 첫 장을 펼치자 아니나 다를까 얇고 정갈한 편지 봉투가 있었다. 왠지 모를 기대감과 불안감으로 온몸에 소름이 돋았다. 포장지를 뜯을 때보다 더 떨리는 마음으로 봉투 속 카드를 꺼냈다.

'김성윤·박세나 결혼합니다.'

청첩장이었다. 흰색 카드 위로 단정하게 인쇄된 이름 두 개. 카드 속 성윤의 얼굴은 예전보다 조금 더 마른 것 같았고, 옆의 여성은 눈부시게 웃고 있었다. 사진 속 그들은 완벽해 보였다. 그녀는 잠시 설레었던 마음이 부끄러워서 실없이 웃음이 나왔다. 그러고 보니 청첩장이 끼워져 있던 곳에 성윤이 정성스럽게 꾹꾹 눌러쓴 낯익은 글씨가 보였다.

'현진아, 네가 있어 줘서 내가 어떤 사람인지 알게 됐어. 정말 고마워. 잘 지내고 있지? 난 네가 정말 행복했으면 좋겠어.'

문장을 보는 순간 책장을 덮어버렸다. 그 바람에 봉투와 청첩장이 책상 위로 흩어졌다. 심장이 걷잡을 수 없이 빠르게 뛰었다. 머릿속이 하얗게 문장으로 가득 채워졌다. 네가 있어 줘서 내가 어떤 사람인지 알게 됐다는 말. 그게 대체 무슨 의미일까. 현진을 발판 삼아, 자신에게 맞는 사람을 찾았다는 뜻일까.

아니면, 현진과의 관계를 통해 결혼이 자신에게 얼마나 중요한지 깨달았다는 뜻일까. 어떤 의미든, 그 말은 잔인하게 현진을 찔렀다. 그 문장은 모든 과거의 시간을 부정하는 것 같았고, 그녀와의 관계는 결국 그가 진짜를 찾기 위한 과정에 불과했다는 말처럼 들렸다.

오래전 그들은 서로를 세상 전부라고 생각했었다. 자전거를 타다 멈춰 서서 땀에 젖은 서로의 얼굴을 보며 웃었고, 벤치에 앉아 김밥을 나눠 먹으며 미래를 이야기했다. 결혼하지 않아도 돼. 우린 서로에게 가장 좋은 친구이자 연인이자 가족이니까. 평생 이렇게 함께 늙어가자. 그 약속은 진심이었다. 적어도 그 순간에는.

하지만 시간이 지나면서 알게 되었다. 성윤은 함께 늙어가는 삶을 원했지만, 그 방식은 결혼이라는 사회적인 틀 안에 있어야만 한다고 생각하는 사람이었다. 그리고 그녀는 그 틀 안에 자신을 맞추고 싶지 않았다. 서로의 가치관의 차이를 확인했을 때의 절망감, 사랑했지만 함께 할 수 없음을 깨달았을 때의 고통, 헤어짐은 불가피한 수순이었다. 아팠지만 옳은 결정이라고 생각했다.

그런데 왜 청첩장을 보는 순간 가슴이 시릴까? 그 모든 약속과 추억이 청첩장과 그 문장들로 단박에 산산조각이 나는 기분이었다. 잠시 머물렀던 정거장처럼 자신의 존재가 무의미하게 부정당했다는 기분에 절망했다. 가슴 아래쪽에서 치밀어 오르는 묵직한 감정은 목구멍까지 차올랐다. 실망일까, 배신감일까, 아니면 여전히 남아있는 미련의 조각일까. 복잡한 감정이 뒤섞여 숨이 막혔다.

*

 현진은 그를 잊었다고 생각했다. 그러나 8년이라는 시간은 사라지고 어제인 양 그에 대한 감정이 끈적하게 되살아났다. 애써 떼어버리려 했지만 아쉬움이 스멀스멀 가슴속을 파고들었다. 그런 감정에서 빨리 벗어나야 했다. 그래 어딘가 멀리 떠나자. 충동적으로 항공권을 예매했다.

 제주의 계절은 여름으로 향하고 있었고, 섬은 그녀의 머릿속을 잠시나마 바람으로 채워주었다. 렌터카 대신 자전거를 빌렸고, 관광 명소가 아닌 동쪽의 조용한 바람의 언덕을 숙소로 정했다.

 매일 아침 혼자서 해안가를 걸었다. 그곳은 소리로 가득했다. 바람의 소리, 갈매기의 울음, 커피포트 끓는 소리. 모든 게 낯설고 선명했다.

 게스트하우스의 주인은 오십이 넘은 독신 여성 김미경이었다. 책을 좋아하고, 예전엔 서울에서 카피라이터로 일했다고 했다.

"혼자여서 좋은 게 뭐예요?"

현진이 물었다.

"누구에게도 조율하지 않아도 된다는 거. 싫으면 멈출 수 있다는 거. 그리고 나를 믿게 된다는 거요."

현진은 그녀의 눈을 바라보며 말없이 고개를 끄덕였다. 성윤을 만났던 스물두 살 적의 그녀, 그와 헤어진 서른둘의 그녀, 그리고 퇴사 후 서른여덟의 그녀. 각기 다른 시간을 살았지만, 사람은 결국 변하지 않음을 깨달았다. 타인의 기대나 사회적 시선에 그녀를 맞추는 대신, 오롯이 그녀의 목소리에 귀 기울이기로 한 선택. 그것만이 그녀를 지키는 유일한 방법임을 안 시간이었다.

그날 현진은 제주도 한적한 바닷가 숙소에 앉아 밤늦도록 울었다. 누구에게도 말할 수 없었던 삶의 통증이 울음으로 터져 나왔다. 그 아픔을 그림에 쏟아부었다. 그림이 주는 힘, 붓질 하나하나가 스스로에게 위로가 되었다.

하지만 제주도에서 돌아온 이후, 현진은 어둠 속에서 발이 묶인 듯 길을 잃고 말았다. 달빛이 부서지던 바닷가에서 울음을 쏟아내고 새로 담았던 희열이 풍선의 바람이 빠지듯 허무하게 사라졌다.

 아무것도 그리지 못하고 우두커니 앉아 있는 시간이 길어졌다. 무기력하게 창밖만 멍하니 바라보는 날도 있었고, 빈 캔버스 앞에서 온종일 아무 생각 없이 앉아 있을 때도 많았다. 그녀를 에워싸고 있는 복잡한 현실에서 벗어나 자신만을 위해 붓을 잡고 싶었지만 무의미하게 하루를 허송하는 날들이 쌓여갔다. 그림을 그리는 것 자체가 싫은 것은 결코 아니었다. 아니, 간절히 그리고 싶었다. 하지만 이상하게 하얀 캔버스를 마주하면 뭔지 모를 두려움이 가슴을 메웠고, 알 수 없는 감정들이 서서히 가슴을 조여들었다. 그리고 싶다는 초조함 때문일까. 아니면 반드시 그려야 한다는 강박감이 가져온 불안감일까. 그녀는 무력감에 사로잡혀 한 발짝도 내딛지 못하고 수렁에 빠진 듯 허우적댔다.

 현진은 삶의 흔적을 그림으로 남기고 싶었다. 언젠가는 반드시 단 한 장의 그림으로 그녀가 살았던 삶을 온전히 대변해 줄 수 있는 작품을 만들고 싶었다. 그러나 새로운 캔버스에 붓을 댈 때마다 부정적인 생각이 슬며시 고개를 쳐들었다. 이 그림이 과연 누군가에게 가 닿을 수 있을까. 자신이 그림을 그리며 지치고 상처 입은 몸과 마음을 치유했듯이, 누군가의 인생을 위로해 줄 수 있을까.

*

 아무것도 할 수 없을 것 같은 절망감으로 불면의 밤이 쌓이고 허망하게 흐르는 시간으로 초조해졌다. 그러나 그 절박감은 다시 그녀를 담금질했다. 대장장이가 달궈진 쇠를 망치로 두드리듯 닳아진 붓들이 늘어났다. 그리고 마침내, 현진은 소도시의 작은 갤러리에서 개인전을 열었다. 개인전은 성공을 거두었다. 전시회 마지막 날에 한 남자가 찾아왔다.

 "작가님. 저 기억하시죠? 박도현입니다. 여러 번 연락드렸었는데요. 화요일에도 왔었거든요."

 현진은 남자가 선뜻 기억나지 않았다. 누구지? 그녀는 초대장을 보낸 사람 중에서 박도현이라는 사람이 있었나 생각에 집중했다. 하지만 전혀 기억나지 않았다.

 "작가님의 그림이 너무 좋아요. 전시가 이렇게 엄청나게 인기가 있을 줄은 몰랐습니다. 제가 사고 싶어도 다 팔려서 살 수가 없네요. 하하하. 우리 지역 곳곳의 풍경이 수채화인데, 시청 관계자에게 잘 말해서 그 길 중에 '화가 지현진 길', 뭐 그런 거 만들어 보는 게 어떻겠습니까? 하하하."

 무례한 태도로 농담까지 던지는 남자를 현진은 뜨악하게 바라보았다. 작은 전시장을 가득 채울 만큼의 가식적이고 예의 없는 웃음소리에 그녀는 그를 경멸하듯 쳐다봤다. 그녀와 눈이 마주치자, 그 남자는 머쓱해져 뒤통수를 쓸어내리며 웃음을 흐렸다.

박도현, 현진은 그를 기억해냈다. 그는 한때 방송국 구성작가로 재직하며 방송 진행도 했었다. 지금은 새로 개관한 소도시의 미술관 큐레이터를 맡고 있다고 했다. 그에게서 현진에게 처음 연락이 온 것은 일 년 전쯤이었다.

"김미경 씨 아시죠? 바람의 언덕 게스트하우스 사장님이요. 소개받고 전화드립니다. 실례가 아닌지 모르겠습니다."

그는 현진에게 전시를 제안했었다. 현진은 『한 사람의 방식』이라는 이름으로 개인전을 열 예정이었다. 김미경과의 관계를 생각해서 그의 제안을 단박에 거절하지 못하고, 이러저러하니 개인전 끝난 후 얘기 나눴으면 좋겠다고 했던 기억이 떠올랐다. 현진은 개인전 준비로 다른 계획이 머릿속에 끼어들어 올 여지가 없었다. 그리고 어떻게 보냈는지 모를 정도로 바빴다.

소도시의 작은 갤러리 전시회가 뭐 그리 엄청난 인기를 얻었다고 하는지, 그의 입 발린 소리가 저의가 있는 것 같아 불편했다.

"네, 좋게 봐주셔서 감사합니다."

차가운 표정으로 말했지만, 그는 아랑곳하지 않았다. 오히려 넉살 좋게 웃으며 어딘가에 전화를 걸었다. 박도현 큐레이터의 말에 의하면, 현진이 『한 사람의 방식』에 담은 내용처럼 자신만의 방식대로 사는 삶을 궁금해 하고 위로받고 싶어 하는 사람들이 많다는 것이었다. 그와 대화하면서 현진도 모르게 그의 목소리에 믿음이 실렸다. 어느새 그의 무례한 웃음소리가 호탕하게 들렸고, 분위기를 유쾌하게 만드는 그의 말솜씨에 급기야 그녀의 마음도 열렸다.

"사실 저도 미술관으로 오기 전에 많이 방황했습니다. 방송국 나와서 2년은 백수였거든요. 아버지가 '이게 무슨 남자냐' 히셨죠."

그는 웃으며 말을 잇다가 문득 멈췄다.

"근데, 작가님처럼 자기 얘기를 그림으로 풀어내는 사람을 보니까…, 뭔가 부러웠습니다. 저도 나만의 방식으로 기록을 남기고 싶단 생각을 조금씩 하게 됐거든요."

그녀는 박도현의 주선으로 소도시 미술관에서 전시와 함께 관객과 소통하는 작가와의 대화 형식의 아트 라이브 방송을 진행하기로 계약을 맺었다.

미술관 전시실에 라이브 방송을 위한 장소가 마련되있다. 전시실은 생각보다 작고 아늑했다. 박도현은 베테랑답게 능숙하고 활기찬 목소리로 현진을 소개하며, 방송을 진행했다. 그녀는 마이크를 통해 울리는 자신의 목소리가 어색했다. 또한 '작가님'이라는 호칭은 여전히 낯설고 거북했다.

"작가님, 『한 사람의 방식』 그림 시리즈가 많은 분께 큰 울림을 주고 있다고 들었습니다. 특히 '숫자를 놓고 붓을 든, 나를 선택한 사람의 기록'이라는 문구에 마음이 움직였다고 하는데요. 이렇게 용기 있는 그림을 그리기까지, 그동안 많은 고민과 어려움이 있으셨을 것 같습니다. 캔버스에 담긴 이야기를 감상하다 보면, 작가님의 용기가 필요한 순간들이 많았을 것 같은데요. 가장 기억에 남는 장면이나 순간이 있다면요?"

박도현의 질문에 잠시 생각에 잠겼다. 가장 기억에 남는 순간이라…. 수많은 장면이 스쳐 지나갔다. 12년 동안 다닌 직장에 사직서를 내밀던 날, 비혼을 선언하며 엄마와 부딪혔던 날, 성윤과의 관계가 끝났음을 확인했던 날 등, 그 모든 순간이 용기라는 단어와 연결되어 있었다. 하지만 가장 강렬하게, 가장 선명하게 남아있는 순간은 하나였다. 현진은 심호흡을 한 번 하고 천천히 입을 열었다.

"음…, 가장 기억에 남는 순간은… 회사에 사직서를 낸 날인 것 같아요. 그날부터 제 붓은 온전히 제 것이 되었거든요. 누구의 허락도 받지 않고, 제 삶을 스스로 책임지기로 결심한 첫걸음이었어요. 물론 두렵기도 했지만, 그만큼 자유롭고… 짜릿했습니다."

박도현은 고개를 끄덕였다. 그의 눈빛에 공감하는 기색이 역력했다. 관객 속에서도 작은 소요가 잔잔히 술렁였다.

"맞습니다. 많은 사람이 결혼이나 직장, 혹은 가정이라는 사회적 틀 안에서만 안정을 상상하죠. 작가님은 그 익숙하고 편안한 프레임을 깨고 나온 셈이고요."

"사실 사회적 질서를 깨려고 한 건 아니었어요. 다만, 제게는 그 틀이 맞지 않았을 뿐이죠. 제 사이즈에 맞는 옷을 찾았달까요? 모두가 같은 옷을 입을 필요는 없잖아요. 저는 그저 저에게 맞는 옷을 찾고 싶었을 뿐이고…, 그 과정이 조금 남들과 달랐던 것뿐입니다."

"이제는 여러분의 시선과 감상을 들려주실 차례입니다. 질문이나 느낌, 자유롭게 나눠 주세요."

이십여 명의 관객은 서로 눈치를 보며 두리번거렸다. 처음엔 어색했다. 그림에 대한 소소한 질문이 오고갔다. 그리고 조심스럽게 입을 연 건 이혼을 고민 중이라는 여성 관람객이었다.

"저…, 작가님 그림 보면서 울었어요. 남편 없이 살 자신이 없었는데, '혼자 있어도 결핍되지 않는다'는 작품을 보고는… 한참을 붙들고 있었어요."

그녀의 말에 현진은 순간 목이 메었다. 현진은 마이크를 내려놓고 관객의 눈을 조용히 바라보았다. 누구도 말을 잇지 않았다. 그 순간, 언어는 그림 앞에서 할 수 있는 일이 별로 없다는 사실을 모두가 공감하는 듯했다.

*

이제 그녀는 비로소 자신의 색깔을 찾았다. 진심으로 행복감이 가슴속에서 잔잔하게 피어났다. 전시실을 나와 강변공원으로 향했다.

차가운 밤공기가 행사 후의 들뜬 마음을 차분하게 가라앉혀 주었다. 벤치에 앉아 멀리 보이는 도심의 야경을 바라봤다. 반짝이는 불빛들이 강물에 일렁였다. 아름다웠다. 그러나 저 불빛 하나하나에 수많은 사람의 고립된 삶이, 외로움이, 그리고 고독이 숨어 있는 듯 서글픈 기운이 감돌았다.

삼 년 전 분노에 사로잡혀 결혼식장에 찾아가 난동이라도 부릴 듯한 기세로 가방 속에 쑤셔 넣었던 성윤의 청첩장이 문득 떠올랐다. 가방 속 지퍼를 열어보았다. 잡다한 메모들과 함께 청첩장이 지퍼 주머니 속에 있었다. 그 많은 날을 그것이 그곳에 있었다는 것이 도저히 믿어지지 않았다. 왜? 그녀는 자문했다. 그리고 대답했다. 청첩장의 존재를 까맣게 잊었다고. 그것은 그들에게는 소중한 증표일지 모르나 그녀에게는 한갓 종잇조각에 불과할 뿐이었다.

그녀는 깊게 숨을 쉬었다. 그리고 망설임 없이 봉투를 조용히 찢었다. 세 조각으로. 성윤의 이름이 담긴 조각, 박세진의 이름이 담긴 조각, 그리고 결혼합니다. 세 개의 조각을 잠시 손에 들고 바라보았다. 세 조각난 청첩장을 챙겨온 스케치북 속 그림들 사이사이에 끼워 넣었다. 성윤과의 시간도, 그의 결혼도, 이제 이 그림들의 일부가 되어, 그녀의 '한 사람의 방식' 속에 편입된 셈이었다.

과거는 완전히 지워지는 것이 아니라 현재를 구성하는 일부가 된 것이다. 그녀는 스케치북을 펼치고 새로운 색을 덧칠했다. 강변의 야경 아래 차가운 공기 속에서 그녀는 똬리 틀어 숨기고 싶은 내면의 깊숙한 곳을 헤집어 들어갔다. 외롭지만 고립되지는 않았다. 혼자의 시간이 무언가 비어 있는 것이 아니라 아직 채워지지 않은 여백이라는 걸, 그녀는 이제야 알 것 같았다. 그 여백은 누구의 것이 아닌, 오직 자신의 붓으로 그려 넣을 수 있는 무늬였다. 그리고 그 아래 새로운 색과 선을 그려 내려갔다.

그녀는 잠시 밤하늘을 올려다보았다. 결핍되지 않았다는 확신. 그것은 단순히 정서적인 충만함만을 의미하는 것은 아니었다. 미래에 대한 주체적인 설계까지 포함하는 것이었다. 세상은 비혼 여성을 결핍된 존재로 바라보곤 한다. 배우자가 없기에, 아이가 없기에 불완전한 사람이라고. 하지만 그녀는 스스로 자신의 삶을 완성해 나갈 수 있다고 믿었다. 비혼을 선택했지만, 그렇다고 해서 엄마가 될 수 있는 가능성까지 포기한 것은 아니었다.

몇 해 전, 서른 초반이었을 때였다. 우연히 난자 동결에 대한 정보를 접했고, 심사숙고 끝에 난자은행에 보관해두었다. 언젠가 생명에 대한 책임감을 온전히 감당할 준비가 되었을 때, 적절한 시기가 왔을 때 스스로의 힘으로 가족을 시작할 수 있도록. 배우자라는 틀 없이도 엄마가 될 수 있다는 가능성. 그것이야말로 타인의 시선이나 사회적 프레임에 갇히지 않는 오롯이 나를 위한 선택이었다. 가장 사적이고, 가장 미래지향적인 한 사람의 방식이었다.

현진은 이 사실을 아무에게도 말하지 않았다. 엄마도 동생도 성윤에게도. 그것은 오롯이 지현진 한 사람의 비밀이자, 그녀의 삶을 구성하는 가장 강력한 의지였다.

밤은 깊어갔고 강물은 묵묵히 흘렀다. 그녀는 챙겨온 텀블러에 담긴 마지막 커피를 따랐다. 따뜻한 커피가 차가워진 손을 녹였다.

내일은 또 어떤 지현진의 방식으로 채워질까, 소리 없는 설렘이 그녀를 감싸 안았다. 오히려 기대감이 차올랐다. 혼자지만 결코 텅 비어 있지 않은 삶. <u>스스로 채워나가고 스스로 만들어 가는 삶</u>이 더 이상 두렵지 않았다.

박도현과의 작업 후, 낯선 메일을 보았다. 보낸 이는 경기도의 27세 여성이었다.
'작가님. 저는 조용히 살아가는 평범한 회사원이에요. 『한 사람의 방식』 전시를 보고, 매일 밤 조금씩 울면서도 안심했어요. 누군가 먼저 걸어가 줘서, 저도 이 길을 걸어도 되겠구나 싶은 용기가 생겼어요.'
그날 밤, 현진은 자신이 걸어온 길을 되돌아보았다. 그 길 위엔 자기 발자국만 있는 줄 알았는데, 누군가가 조용히 뒤따라오고 있었다. 그녀는 혼자지만, 혼자가 아니었다는 생각에 마음이 따뜻해졌다.

*

전시회가 끝나고 며칠 후, 현진은 엄마에게 전화했다.
현진은 삼 년 전 그날 이후 엄마와는 데면데면 지내왔다. 서먹함이 싫어서 어쩔 수 없을 때를 제외하고는 한자리에 있지 않았다. 그런데 엄마 밥 먹고 싶다고 전화한 것이다. 식탁 위 고등어조림과 콩밥에서 김이 오르고, 어색하게 입을 씰룩이는 그녀와 달리 엄마는 미소 짓고 있었다. 어떤 말부터 시작할까 머릿속에서 이 말 저 말을 꺼내보는 사이 엄마가 먼저 입을 열었다.

"네 그림책 서점에서 봤다. 참 좋더구나."

현진은 잠시 손을 멈췄다. 엄마의 참 좋다는 말에 짓궂게 물었다.

"정말 좋았어?"

"이해는 잘 안됐다. 네 그림도, 네가 왜 그렇게 살아야 하는지도. 아직도 모르겠어. 그래도…, 너 나름대로는 진심이더라. 그건 느껴졌어."

처음이었다. 엄마가 말끝을 흐리지 않고 현진의 선택을 정면으로 언급한 것은. 정답은 없었다. 하지만 거절도 아니었다. 엄마는 인덕션에서 끊고 있는 숭늉을 대접에 떠서 그녀 앞에 놓아주며 말을 이었다.

"사람은 결국 혼자지만, 그래도 외롭지 않으려면…, 자기를 속이지 말아야 하더라. 너는 그건 잘하더구나."

그날 밤, 그녀는 오래 잠들지 못했다. 내내 마음 한구석이 뜨끈했다.

*

 늦은 밤, 캔버스에 마지막 붓질을 하던 손을 멈췄다. 팔레트 위 반짝이는 색들이 하얀 정적을 두드렸다. 그녀는 천천히 눈을 감았다. 혼자의 시간은 이제 더 이상 두렵지 않았지만 가끔은 미래가 아득해 보였다. 그때 문득 하나의 이미지가 떠올랐다. 언젠가 마주할 수도 있을 어떤 존재. 이름도 얼굴도 모르는, 하지만 마음속 어딘가에 오래전부터 자리를 잡고 있었던 '누군가'. 그녀는 조용히 빈 캔버스 하나를 새로 세웠다. 그 위에 미래의 자신과 마주할 존재에게 전하는 한 폭의 그림을 그리기 시작했다.

 물감을 짜내고 붓을 놀리는 손끝에서 희미하게 빛나는 형태가 꿈틀거렸다. 따뜻한 색감으로 채워진 공간에, 홀로 서 있지만 풍성한 여백을 가진 한 여인의 뒷모습, 그리고 그녀를 향해 손을 내미는 작은 그림자가 담겼다. 그들은 아직 마주하고 있지 않지만, 분명 언젠가 만날 것을 예견했다. 그림 속 여인은 강인한 듯 온화한 뒤태를 머금고 있었다.

 아마도, 이 그림은 누구에게도 보여주지 않을 작품이리라. 오직 그녀와 언젠가 만나게 될지도 모를 한 생명을 향한 기록. 그 그림을 그리는 순간, 현진은 더 이상 고립되지 않았고, 더 이상 결핍되지 않았다.

그녀는 눈을 들어 창밖을 바라보았다. 도심의 불빛이 여전히 강물 위에 일렁이고 있었다. 살아가는 건 외로운 일이지만, 자신을 속이지 않는 한 그 외로움은 언제나 새로운 연결을 품고 있을 것이다.

다음 날, 그녀는 떨리는 마음으로 대형 서점 미술 서적 코너를 찾았다. 서점 특유의 인쇄된 종이 냄새와 사람들의 소음이 뒤섞여 활기찬 분위기를 만들었다. 화집 코너를 서성이는데, 저 멀리 새로 나온 화집 사이로 익숙한 초록색 띠지가 눈에 들어왔다. 그녀는 숨을 멈췄다.

『한 사람의 방식 – 지현진 화집』

그녀의 그림이 담긴 화집이었다. 그녀는 화집을 조용히 집어 들었다. 낯설면서도, 가슴 벅찬 자랑스러움이 밀려왔다. 표지를 손으로 쓸어보았.

이 화집은 단순한 종이 뭉치가 아니라, 오롯이 자신으로 살아가기로 한, 한 사람의 용감한 기록이었다. 세상에 자신을 선언하는 선전포고이자, 미래의 자신에게 보내는 약속. 이제 그녀는 더 이상 흔들리지 않을 것이다.

그녀는 생각했다. '이게 처음일까, 중간일까. 어쩌면 아직 아무엇도 시작하지 않았는지도 몰라.' 그러나 한 가지는 분명했다. 누군가가 그녀의 그림 옆에서 잠시 멈춰 선다면, 그 여백이 이정표로 데려갈 것이라고.

AI, 아이=나

악마의 목소리는 내 가장 깊은 곳에 숨겨진 열등감과 불안을 정확히 후벼 팠다

AI, 아이=나

 키보드 위를 맴돌던 손가락이 마침내 춤을 추며 타닥거렸다. 모니터에 하얀 커서가 깜빡일 때마다 텅 빈 공간이 채워지는 희열이 나를 들뜨게 했다. 창밖으론 희미한 햇살이 창틀에 걸린 먼지조차 반짝이게 만들었다. 한때는 작가, 그 이름 앞에 붙은 수식어가 거창하게 느껴지기도 했지만, 이제는 그저 숨 쉬듯 자연스러운 나의 일부가 되었다. 아침에 눈을 떠 따뜻한 커피를 내리고, 조용한 방에 앉아 글자들과 씨름하는 일상을 운명이라 느꼈다.

 나는 지방에서 대학을 졸업한 후, 그래도 꽤 잘나간다는 사료 회사에서 영업직으로 7년을 일했다. 안정적인 직장이었고 남들이 부러워할 만한 삶이었지만, 가슴 한구석은 늘 허전했다. 작가의 꿈. 그 간절한 열망에 사로잡혀 주변의 만류를 뿌리치고 과감하게 사표를 던졌다. 그동안 쥐꼬리만큼 모은 돈을 탈탈 털어 서울로 상경해, 신림역 근처에 작고 낡은 오피스텔을 얻었다.

통장 잔고는 바닥을 기고, 라면으로 끼니를 때우는 날이 허다했지만, 이상하게도 마음만은 늘 든든했다. 꿈이 있었기 때문이었다. 어쩌다 외출이라도 할라치면, 지옥철이라 불리는 2호선에 몸을 싣고 인파에 휩쓸리는 경험은 서울 생활의 고달픔을 여실히 느끼게 했다. 빽빽한 고층 빌딩 숲과 숨 막히는 소음, 그리고 그 속에서 익명으로 살아가는 수많은 사람. 화려한 서울의 이면에는 분명 고달픔과 외로움이 숨어 있었지만, 나는 그 안에서도 나만의 빛을 찾아 활기차게 하루하루를 살아내고 있었다.

책상 위에는 방금 읽기를 마친 소설 한 권이 놓여 있었다. 문장 하나하나에 담긴 작가의 고뇌와 사유가 느껴져 자꾸만 페이지를 넘기게 했던 책이다.

타인의 세계를 엿보는 즐거움, 그리고 그 안에서 나만의 깨달음을 얻는 기쁨. 독서는 나에게 끊임없이 영감을 주는 마르지 않는 샘물이었다. 읽는 즐거움만큼이나 쓰는 즐거움도 컸다. 머릿속에 떠다니던 모호한 생각들이 손끝을 거쳐 구체적인 형상을 갖출 때의 그 경이로움이란! 때로는 막막하고 힘겹기도

했던, 한 문장, 한 문단이 완성될 때마다 찾아오는 성취감은 그 모든 어려움을 잊게 해줄 만큼 달콤했다.

나는 이 일이 너무나 좋았다. 좋아서 하는 일이었기에 하루하루가 새롭고 의미 있었다. 비록 화려한 스포트라이트를 받는 인기 작가는 아니었지만, 나만의 속도로 꾸준히 글을 쓰고, 독자들과 조용히 소통하며 살아가는 삶에 만족했다. 몇 번의 공모에 탈락했어도 새벽까지 불을 밝히는 날도 많았고, 퇴고에 퇴고를 거듭하며 밤을 새우기도 했다. 그 모든 과정이 나를 단단하게 만들어주는 기분이었다. 나의 세계를 종이 위에 펼쳐내어 누군가가 들어와 잠시나마 머물다 간다는 것. 그것만으로도 작가라는 직업은 충분히 가치 있었다. 나는 내 일에 자부심을 느꼈고, 이 평온이 지속될 것이라 믿어 의심치 않았다. 그 믿음은 너무도 견고했다.

*

매주 토요일 오후는 '글밭' 모임이 있는 날이었다. 구립 도서관 한구석에 모여 서로의 습작을 읽고 솔직한 감상을 나누는 작은 모임. 나를 포함해 예닐곱 명 남짓의 작가 지망생과 작가들이 모여 열띤 토론을 벌이곤 했다. 그 시간만큼은 글쓰기의 외로운 여정에서 벗어나 같은 꿈을 꾸는 사람들과 함께 있다는 사실로 위안을 얻곤 했다. 하지만, 언제부턴가 그 위안에 다른 감정들이 조금씩 섞여들었다.

"이번에 K 작가 단편 말이야, 와, 진짜 미쳤던데? 결말에서 소름 돋았잖아?"

"어휴, P 작가는 또 얼마나 늘었는지. 문장력이 아주 그냥 물이 올랐다니까."

합평 시간이 거듭될수록 나는 점점 입을 다물게 되었다. 다른 작가들의 작품은 매번 나를 놀라게 했다. 기발한 상상력, 허를 찌르는 서사 전개, 읽는 내내 감탄을 자아내는 유려한 문장들. 그들의 세계는 깊고 넓었으며, 인물들은 파닥거리며 서로 부대끼고 생동감 있게 살아 숨 쉬고 있었다. 자연스럽게 나의 글과 비교하게 되었다. 공들여 쓴다고 생각했지만, 그들의 글에 비하면 내 글은 평범하다 못해 초라했다.

'저들은 어떻게 저런 기발한 생각을 할 수 있지? 나는 왜 저렇듯 활기차게 쓰지 못할까?'

감탄은 이내 부러움으로 변했고, 부러움은 곧 질투의 독으로 스며들었다. 웃는 얼굴로 그들의 작품을 칭찬하면서도, 속으로는 시기와 자책이 뒤엉켜 속앓이를 했다. 살리에리가 모차르트의 천재성을 질투하며 고통스러워했듯 나는 동료 작가들의 빛나는 재능 앞에서 한없이 무너져 내렸다. 그들의 성공이 나의 실패처럼 느껴졌고, 그들의 글자 하나하나가 나를 찌르는 비수 같았다.

　모임이 끝나고 집에 돌아오는 길은 발걸음이 천근만근 무거웠다. 즐거워야 할 글쓰기가 고통으로 다가왔다. 책상에 앉아 하얀 화면을 마주할 때마다 무력감이 나를 덮쳤다. 아무리 애써도 마음에 드는 문장 하나 나오지 않았다. 이제까지 써놓은 글들은 어설프게 유치해 보였다.

　나는 정말 재능이 없는 걸까. 평생 이 정도 수준밖에 안 되는 글만 쓰게 될까. 절망적인 생각이 꼬리를 물고 이어졌다. 가슴속에 끓어오르는 무언가가 있었지만, 그것을 제대로 표현할 방법을 찾지 못해 답답했다. 작가로서의 나의 한계를 절감하며 깊은 고뇌와 고통 속에 빠져들었다. 창밖으로 보이는 세상은 여전히 평화로웠지만, 나의 내면은 폭풍우가 몰아치는 바다처럼 요동치고 있었다.

*

　3개월 전, 유망한 신예 작가를 발굴하는 차원에서 대형 출판사에서 기획한 공고가 떴다. 푸짐한 상금은 물론, 파격적인 혜택까지 제시되어 창작에 목마른 이들의 시선을 단숨에 사로잡았다. 응모기일이 두 달 남짓 남았다는 사실에, 그전에 써놨던

초고 원고 중 가장 공들였던 작품 파일을 망설임 없이 열었다.

공모전에 어울리는 주제와 서사로 인물과 사건을 재구성하여 수정하기 시작했다. 처음에는 솟아나는 열정과 반짝이는 아이디어에 들떴다. 문장 하나하나를 다듬고, 인물들의 미묘한 감정선까지 수십 번 고쳐가며 교정에 교정을 거듭했다. 그러나 시간이 흐를수록 창작의 즐거움은 점차 고통으로 변해갔다. 인물들의 관계는 엉성하게 꼬여만 갔고, 서사는 좀처럼 매끄럽게 풀리지 않았다.

아무리 머리를 쥐어짜도 마음에 쏙 드는 문장이 나오지 않아 둔탁한 소리를 내며 손바닥이 얼얼해질 때까지 책상을 내리치는 일이 잦아졌다. 잠 못 이루는 밤이 이어졌고, 혀끝에 맴도는 쌉쌀한 커피 향만이 유일한 위안이 되었다. 과연 내가 잘 해낼 수 있을까 하는 깊은 회의감이 시커먼 그림자처럼 따라붙었지만 이를 악물고 버텨냈다. 그렇게 작품을 완성하고, 흡족한 마음에 작품을 출품했다. 좋은 소식을 기대할 만큼 만족스러웠다.

그런데 시간이 지날수록 불안해졌다. 출품한 작품을 다시 읽어보니, 눈에 보이지 않던 오타도 보이고, 문법에 맞지 않은 비문도 들어왔다.

여기서는 이런 대화를 넣을 걸, 묘사가 상투적이잖아, 클라

이맥스가 너무 약해. 극적인 반전으로 결말을 맺었으면 완전 빵 터졌을 텐데. 아니 브로맨스적 요소를 가미했으면 좀 더 흥미로웠을지도…. 한 번 더 확인하고 출품할 걸. 마감 3일 전에 망설임 없이 출품한 것이 후회되었다. 혹시나 마감 직전의 출품작은 심사위원들이 괄시할 것 같은 생각에 미리 제출한 것이었는데, 나의 오판인가? 패착이었나? 미련과 후회로 매시간 심장의 벌렁거림을 감당하지 못하고, 고통의 심연 속으로 나를 마구 쑤셔 넣으며 흔들어댔다. 나는 그 속으로 더 깊게깊게 빠져들었다.

하루하루가 마치 영겁의 시간처럼 느껴졌다. 휴대폰이 울릴 때마다 심장이 쿵 내려앉는 둔탁한 소리가 귀에 울렸고, 이메일 알림이라도 뜨면 혹시나 하는 기대감과 함께 손이 덜덜 떨려 화면을 똑바로 볼 수조차 없었다. '글밭' 모임에서 동료 작가들을 만날 때면, 내면의 초조함을 감추기 위해 애써 태연한 척, 심지어는 대범한 척 행동했다. 속으로는 K 작가는 어떤 주제로 작품을 냈는지, P 작가는 또 얼마나 심오한 글을 썼을지 촉각을 곤두세웠다. 모두가 겉으로는 평온한 척했지만, 서로의 눈빛 속에는 감출 수 없는 희미한 초조함이 스며 있었고, 그 미묘한 긴장감 속에서 괜한 자존심에 더 시건방진 표정을 짓곤 했다.

그러나 홀로 남겨진 시간에는 그 초조함을 도저히 주체할 수 없었다. 밤이 되면 나도 모르게 집을 나서 2호선 지하철에 몸을 실었다. 목적지 없이 뱅뱅 도는 지하철 안에서 창밖의 황량한 도시 풍경은 마치 흑백 영화처럼 스쳐 지나갔다. 귀를 찢는 쇳소리와 진동이 온몸을 울렸고, 나는 깊은 한숨을 내쉬었다. 마주 앉은 승객들은 이어폰을 꽂고 자신만의 세계에 침잠해 있거나, 손가락의 현란함 속에 휴대폰 게임에 몰두해 있고, 어떤 이는 고단함에 지쳐 깊은 잠에 빠져 있었다. 그들은 모두 자신만의 뚜렷한 목적지를 향해 나아가고 있는 듯 보였다. 나만이 홀로 어둠 속을 맴돌고 있다는 생각이 들었다. 불안과 초조함은 고통에 짓눌려 심장을 갈기갈기 찢어놓았다. 매일 공모전 홈페이지들 들락거렸고, 혹시나 스팸함에 들어가 있을까 싶어 메일함을 몇 번이고 새로 고침했다. 그리고 주최 측으로부터 연락이 오지 않을까 핸드폰을 손에서 놓지 않고 기다렸다. 하지만 끝내 아무런 소식도 없고, 도착한 건 그저 스팸 메일뿐이었다.

*

크고 작은 공모에 응모해 탈락의 고배를 마신 것이 이번이 처음은 아니었다. 상금을 거머쥔 적도 있었고, 상금 없이 상패만 수령한 적도 있었다. 단 한 번으로 끝나버리는 시험과 같은 것도 아니기에 미련스럽게 후회만 하고 있을 수는 없었다.

떨어진 공모전은 잊고 새로 시작하자고 수백 번 되뇌었다. 애써 괜찮은 척, 아무렇지 않은 척 컴퓨터 앞에 앉았지만, 손끝은 자판 위에서 미끄러질 뿐이었다. 머릿속은 백지처럼 하얗게 비어 있었고, 지난번의 실패가 검은 먹물처럼 번져 글자들을 지워버리는 듯했다.

마음처럼 쉽게 글이 써지지 않았다. 패배감과 함께 찾아온 무력감은 텅 빈 화면만큼이나 막막했다. 손가락은 자판 위에서 맴돌기만 할 뿐, 타닥거리는 소리 한 번 내지 못했다. 도무지 다음 문장을 이어갈 엄두가 나지 않았다.

글쓰기가 좋아서 시작했는데, 이제는 그 행위 자체가 거대한 벽처럼 느껴졌다. 어제까지 나를 지탱하던 열정이 한순간에 바스러진 기분이었다. 책상 앞에 앉아 머리를 쥐어뜯었다. 쓰고 싶은 이야기는 분명한데, 도무지 실마리가 풀리지 않았다. 인물들의 관계는 뒤죽박죽이고, 서사는 엉성하게 꼬여만 갔다. 아무리 생각하고 또 생각해도 만족스러운 해답이 나오지 않았다. 고통스러웠다. 글쓰기가 내게 주었던 즐거움은 온데간데없고, 실패와 좌절감만이 숨을 조이며 짓눌렀다.

한 문장도 더 나아가지 못한 채 고통으로 머리를 뜯으며 목구멍으로 치밀어 올라오는 비명을 꾹꾹 눌러 삼켰다. 그리고 절망감에 텅 빈 모니터만 노려보고 있었다. 그때, 핸드폰이 울렸다. 날

카로운 진동 소리가 적막한 방을 덮쳤다. 핸드폰 화면에 익숙한 이름이 떴다. K, '글밭' 모임에서 나름 친하게 지내는 동료였다. 요즘 통 연락이 없던 터라 반가움보다 먼저 낯선 불안감이 스쳤다. 녀석은 늘 그랬다. 예상치 못한 순간에 불쑥 나타나 나를 흔들어 놓곤 했다. 웬일일까 싶어 망설이던 손가락으로 메시지를 열었다.

"최 작가! 나 드디어 사고 쳤다!! 이번에 공모 대상 탔다!! 완전 꿈만 같아!!"

대상! 머리가 띵했다. 손이 덜덜 떨렸다. 내가 간절히 바라며 가작이라도 붙기를 염원하던 그 공모전에 K가 대상을? 머리를 둔기로 얻어맞은 듯 한순간 멍해졌다. 그리곤 진심으로 축하해야 한다는 생각에 앞서 시커먼 질투심이 물밀듯 밀려왔다. 심장이 쿵쾅거렸다. 그렇지만, 애써 태연한 척 답장을 보냈다.

형, 대박!!! 미쳤다.

김 작가!!!! 완전 축하한다. 🎉🎉🎉🎉

진짜 네 글은 대상감이었어. 👍👍👍

진즉에 탔어야 했어. 멍청한 심사위원이 너무 늦게 알아본 거야!!!!

와~~~ 축하한다 축하해. 🎉🎉🎉

와~~~ 내가 시원하게 한턱 쏜다!!!!!

과장된 감탄사와 느낌표를 남발하며 온갖 축하 이모티콘을 섞어 답장을 보내고는, 그대로 핸드폰을 책상에 내팽개쳤다.

대상이라니. 나는 여기서 한 문장도 못 쓰고 썩어가고 있는데….

축하한다는 문자는 보냈지만, 배알이 뒤틀리고 숨쉬기가 힘들었다. 나의 초라함이 K의 빛나는 성공 앞에서 더욱 선명하게 도드라지는 느낌이었다. 입술을 깨물었다. 축하한다는 말 뒤에 숨겨진 시기심과 자괴감이 날카로운 송곳이 되어 가슴을 찔러댔다.

한때나마 우리는 분명 비슷한 출발선에 서 있었다고 여겼다. 그리고 비슷한 시간과 노력을 글쓰기에 쏟아부었는데, 왜 결과는 이렇게나 다를까. 그의 성공은 나의 실패를 증명하는 것만 같았다. 재능의 차이일까, 노력의 부족일까. 아니면 그저 운의 문제일까. 복잡한 생각들이 뒤섞이며 머리가 저려 왔다.

K의 글은 늘 심리묘사가 분석적이고 문장이 재치 있으며 철학적 사유를 담고 있었다. 그뿐인가? 기발한 상상력은 말할 나위 없이 타의 추종을 불허했다. 읽을 때마다 감탄했지만, 반면에 깊은 열등감을 느끼게 했다.

그의 글이 빛날수록 나의 글은 초라해 보였고, 그의 성공은 나의 실패를 비웃는 듯했다. 이대로는 안 된다는 초조함과 아무리 발버둥 쳐도 그처럼 될 수 없을 거라는 절망감이 나를 짓눌렀다. 글쓰기가 좋아서 시작했는데, 이제는 고통 그 자체가 되어버렸다. 이 길을 계속 가는 게 맞는 걸까. 모든 것을 포기하고 싶은 충동이 강하게 들끓었다.

*

하루하루가 힘겨웠다. 텅 빈 화면과 자판을 노려보며 한숨만 내쉬는 시간이 길어졌다.

그러던 어느 날 밤이었다. 자료 조사를 위해 인터넷을 뒤적이던 중, 우연히 'AI 스토리텔링 도구'라는 광고를 접하게 되었다. 호기심 반 지푸라기라도 잡는 심정 반으로 클릭했다. 간단

한 키워드 몇 개를 입력하자, 놀랍게도 제법 그럴듯한 시놉시스와 인물 설정, 심지어 사건의 개연성까지 갖춘 스토리가 순식간에 생성되었다.

누군가 AI의 도움으로 글을 쓴다는 말을 들었을 때, 기계가 쓴 글이 얼마나 대단하겠나 싶어 반신반의했었다. 하지만 AI가 제시한 서사 전개는 내가 몇 날 며칠을 고민해도 풀리지 않았던 막막함을 단번에 해소해주었다. 꼬였던 실타래가 마법처럼 풀리는 기분이었다.

아! 이렇게 하면 되는 거였구나!

무릎을 탁 쳤다. AI가 보여준 방식대로 글을 써 내려가자, 거짓말처럼 막혔던 부분이 뻥 뚫렸다. 이야기는 물 흐르듯 자연스럽게 흘러갔고, 캐릭터들은 생동감을 얻었다. 작업 속도는 비약적으로 빨라졌다. 더 이상 고민하며 괴로워할 필요가 없었다.

아이디어가 떠오르지 않을 땐 AI에게 물어보면 그만이었다. 복잡한 서사 구성도 AI가 척척 해결해 주었다. 편했다. 너무나도 편했다. 고통스러웠던 창작의 과정은 온데간데없고, 잘 만들어진 자동화 기계를 조작하는 것만큼이나 쉽고 빠르게 글을 써낼 수 있었다.

처음에는 AI의 도움을 받는 것이 부정행위를 하는 것 같아 죄책감을 느꼈다. 영혼을 악마에게 팔아넘기는 기분이었다. 하지만 귓가에 파고드는 악마의 속삭임은 그지없이 달콤했다.

이것 봐, 이렇게 쉬운데 뭘 힘들게 끙끙거려? 네 시간을 아끼고, 네 고통을 덜어준다고. 훨씬 효율적이잖아? 인정해, 넌 혼자서는 안 되잖아. 재능 없는 네가 작가 행세라도 하려면 이 방법밖에 없어.

악마의 목소리는 내 가장 깊은 곳에 숨겨진 열등감과 불안을 정확히 후벼 팠다. 차라리 네가 무능하다고, 그러니 내 도움을 받으라고 조롱하는 듯했다. 하지만 동시에 내 안의 작은 목소리가 꿈틀거리며 비명을 질렀다.

이건 네 글이 아니잖아. 네가 직접 느끼고 생각하고 고뇌해서 나온 글만이 진짜 네 영혼을 담을 수 있어! 지금 네가 쓰고 있는 건 겉만 번지르르하고 영혼 없는 껍데기일 뿐이야! 너는 작가로서 가장 소중한 것을 잃어가고 있어! 이대로 무너지면 다시는 설 수 없는 거야.

선과 악, 안락함과 고뇌, 효율성과 진정성 사이에서 나는 갈기갈기 찢기는 기분이었다. AI가 내미는 편리함이라는 독배와 글쓰기 자체에 대한 순수한 열정이라는 성배 사이에서 나는 미친 듯이 흔들렸다. 펜을 쥔 손은 AI 도구로 향하는 키보드 위에서 주저했고, 심장은 죄책감과 유혹 사이에서 미친 듯이 요동쳤다.

 과거의 내가 머리를 짜내어 피땀 흘려서 썼던 글들, 한 문장 한 문장을 쌓아 올리며 느꼈던 희열과 좌절, 그 모든 과정이 일순간 뇌리를 스쳤다. 고통스러웠지만 살아있음을 느끼게 했던 시간을 이렇게 쉽게 포기해도 되는 걸까. 작가로서의 자존심이 만신창이가 되었다.

 이것이 내가 꿈꾸던 작가의 모습이었나. 타인의, 아니 인공지능 프로그램의 도움 없이는 단 한 발짝도 나아가지 못하는 무력한 존재가 되어버린 나 자신을 마주하는 것이 끔찍하게 무서웠다. 이대로 AI에게 내 전부를 맡겨버리면, 다시는 예전의 나로 돌아갈 수 없을 것만 같은 두려움에 전율했다. 아니, 인간이라는 내가 기계의 노예가 된다는 말인가. 진짜 나는 사라지고, AI의 그림자만 남을 것 같았다.

 그럼에도 불구하고 마감 날짜의 압박, 다른 작가들에 대한 열등감, 그리고 글쓰기 자체에서 오는 고통 앞에서 AI의 유혹은 너무나 강력했다.

 한 번, 두 번…, AI에 의지하는 횟수가 늘어날수록, 스스로 생각하고 고민하는 시간은 점점 줄어들었다. 어느새 나는 AI가 만들어준 뼈대에 살을 붙이는 기계적인 작업만 반복하고 있었다. 내가 쓴 문장인지, AI가 써준 문장인지 구분이 모호해질 때도 많았다. 나의 개성은 희미해지고, 나의 목소리는 점점 작아졌다.

AI가 만들어낸 이야기는 논리적으로 완벽했고 시장의 트렌드에도 잘 맞았지만, 그 안에는 나만의 색깔, 나만의 철학이 담겨 있지 않았다. 그저 잘 팔릴 만한, 누구나 쓸 수 있는 흔한 이야기가 되어버린 것이다. 거울을 보듯 화면에 비친 나의 글은 낯설었다. 이건 내가 아니었다. 작가로서의 정체성이 서서히 아니 확실하게 사라져가고 있음을 느꼈다. 이미 AI의 달콤한 유혹에서 헤어 나올 수 없을 만큼 중독되었다. 너무 깊이 빠져버렸다.

*

비가 슬금슬금 내리던 어느 날, 휴대폰이 요란하게 울렸다. 화면에 뜬 'K'라는 이름에 잠시 망설였다. K에게 한턱 쏘겠다는 약속을 외면하면서 대상 수상 이후 그의 연락을 피했다. 몇 번의 진동 끝에 전화를 받았다. 나의 치졸함을 보이지 않으려고 K에게 되레 너스레를 떨었다.

"대작가님께서 어쩐 일? 요즘 많이 바쁠 텐데 전화를 다 주고?"

"무슨 바쁘긴, 별말을…, 최 작가 괜찮아? 요새 통 모임에도 안 나오고. 무슨 일이라도 있나 해서? 어디 아픈 건 아니지?"

나는 어머니가 편찮으셔서 지방에 있는 본가에 다녀왔다고 대충 둘러댔다. 그러자 K는 어머니의 건강을 걱정하고 위로하는 몇 마디 말을 건넸다. 그러곤 작품 쓰느라 바쁘겠지만, 잠깐 만나서 낮술이라도 한잔하자고 제안했다. 내가 선뜻 대답하지 않고 뜸을 들이며 망설이자, K는 나의 확답을 재촉했다.

"최 작가, 순댓국 좋아하잖아? 혜화역 근처에 기가 막힌 맛집을 알아냈지. 상금 탔으니 우리 오랜만에 소주나 한잔하자고."

낮술? 지금 내 머릿속은 온통 AI가 제시한 다음 스토리 전개로 가득 차 있었다. 현실 세계는 AI가 만들어주는 완벽한 허구에 비해 너무나도 시시하고 난해하게 느껴졌다. 예전 같으면 열일 제쳐 두고 나갔을 것이다. 낮술에 얼굴이 불콰하게 달아오른 만큼 잡다한 수다를 떨거나, 문학에 대한 서로의 생각을 뜨겁게 토론하며 소설적 영감을 얻었을 것이다. 그러나 지금은 그럴 기력도, 필요성도 느끼지 못했다.

K의 끈질긴 설득에 못 이겨 결국 나는 집을 나섰다. 인간관계에서 소외될 수 있다는 두려움도 작용했다고나 할까. 퀴퀴한 방 냄새와 달리, 바깥 공기는 차가웠다.

2호선 지하철에 올랐다. 사당역에서 4호선으로 갈아탔다. 거

대한 빌딩들과 도로에 질주하는 차량들이 낯설게 다가왔다. 거의 한 시간은 족히 걸려 약속 장소에 도착했다. 허름한 순댓국집에 들어서자 문에서 바로 보이는 곳에 앉아 있던 K가 반갑게 손을 번쩍 들었다.

그새 안 본 K의 신수가 좋아 보였다. 늘 허름한 점퍼 차림이었던 그가, 노타이에 슈트로 말끔하게 차려입었다. 순간 머릿속으로 나의 입성을 훑었다. 비록 낡긴 했어도 닥스 남방을 입고 나와 다행이라고 자위하는 알량한 허세가 너무도 치졸해서 그 자리에서 사라지고 싶었다. 하지만 현실은 그의 손을 맞잡고 흔들며 축하한다는 넉살을 떨어주어야 했다. 그가 순대 모듬 한 접시를 주문했다. 가지런하게 놓인 고깃점이 K의 번들번들한 얼굴처럼 보였다. K와 마주 앉아 벌건 대낮부터 술잔을 기울였다. 빈속에 서너 잔 알코올이 들어가자 억눌렸던 감정이 터져 나오기 시작했다.

"야, 김 작가, 너는 좋겠다. 대상도 타고, 책도 내고, 나는 씨발, 씨발. 이게 뭐야…. 글도 안 써지고, 맨날 맨날 AI…."

AI! 취중에 튀어나온 말. 그 순간 나는 당황해서 K의 표정을 살폈다. 잠시 그의 표정에 놀라는 빛이 스치는 듯했다. 그는 평소에도 상대의 감정에 잘 공감해주며 반응했다. 그러니 괜히 그의 낯빛에 민감하게 지레짐작하여 위축되지 말자고 마음을 다잡았다.

K가 술이 가득 담긴 잔을 바닥에 떨어뜨려 유리잔이 박살났다. 나는 당황해서 K를 바라봤다. K는 이상하게 자꾸만 내 눈길을 피했다. 그런 그의 태도가 더 신경 쓰여, 나도 모르게 K의 눈치를 살폈다.

'혹시 그가 눈치 챈 건 아니겠지?'

나는 술이 확 깨는 듯했다. AI는 절대 입 밖으로 내서는 안 될 금기어였다. 아차 하는 순간 겨우 한 마디 튀어나왔을 뿐이었는데. 설마, 그가 잘 못 들었겠지. 그리고 나는 얼른 입을 막아 그 말을 목구멍으로 꾸역꾸역 밀어 넣었기 때문에 아마도 K는 무슨 말인지 몰랐을 것이다. 그래도 나는 가슴이 뜨끔해져 말을 더듬었다. 그리고 지금 상황을 얼른 얼버무리기 위해 아무 말이나 마구 내뱉었다.

"아아아니 아아니, 나 나는 작가도 조좆도 아니야. 씨버얼! 재능이 없나 봐! 아무리 해도 안 돼! 그냥 글자 조합하는 기계 나부랭이지…, 좆같은 세상… 더럽다 더러워. 좆같다 좆같아."

목소리가 점점 커지며 급기야 테이블을 주먹으로 치며 마구 소리쳤다. 나는 이미 주정을 넘어 추태를 부리고 있었다. 나의 치졸한 모습에 더 화가 치밀었다. K가 당황하며 나의 손을 맞잡았다.

"최 작가, 왜 그래… 취했어? 그런 말 하지 마. 자네도 충분히 잘…. 자네만… 나도….”

K는 핵심이 빠진 듯한 뭔가 이해할 수 없는 말들을 주절주절댔다. 그의 말은 더 이상 내 귀에 들리지 않았다. 눈물이 왈칵 쏟아졌다. 주변 사람들이 힐끔거리는 시선에도 아랑곳하지 않았다. 그저 잘나가는 동료 앞에서 무너져버린 나 자신이 너무나 비참하고 창피했다. 술에 취해 주정을 부리는 추한 모습. 이게 지금의 나였다.

결국 K의 부축을 받으며 겨우 집으로 돌아왔다. 술이 깨고 나니 밀려오는 극심한 수치심. 그럴수록 K가 더 부러웠다. 그를 부러워하는 만큼 내게 화가 났다. 영혼을 팔아서라도 K 못지않게, 아니 K보다 더 대단한 그럴싸한 소설을 쓰고 싶어 안달이 났다.

컴퓨터 화면 앞에 앉아 AI 프로그램을 실행시켰다. 어서 AI가 뱉어낼 다음 문장을 확인하고 싶었다. 현실 세계의 연결은 고통스러웠다. 차라리 AI와의 완벽한 협업 속으로 숨어버리는 것이 훨씬 편했다.

*

나의 일상생활은 완전히 파괴되었다. 일어나면 제일 먼저 AI

프로그램부터 실행시켰다. 하루 종일 모니터 앞에서 AI가 뱉어내는 글자들을 편집하고 붙여 넣는 작업만 반복했다.

스스로 생각하고 고민하는 능력을 잃어버리자, 세상은 의미 없는 소음들로 가득 찬 곳이 되어 버렸다. 더 이상 아름다움도, 감동도 느낄 수 없었다. 살아있지만 살아있는 것 같지 않았다. 작가로서의 나도, 인간으로서의 나도 길을 잃고 어둠 속을 헤맸다. 마침내 나 스스로 절망의 심연 속에 갇혀버리고 말았다.

나는 AI의 도움 없이는 단 한 문장도 쓸 수 없게 되었다. 머릿속은 하얗게 비어버린 백지 같았다. 예전에는 세상을 관찰하고 사람들의 이야기를 들으며 무한한 영감을 얻었는데, 이제는 그 모든 것이 시시하게 느껴졌다. 복잡한 현실보다 AI가 만들어주는 잘 짜인 허구가 더 매력적이었다. 소설을 읽는 즐거움도 사라졌다. 어느 순간, 서점에 진열된 수많은 책을 볼 때마다 역겨운 의심이 고개를 쳐들었다.

'이것도 혹시 AI가 쓴 거 아닐까? 아마 저 작가도 어쩌면 몰래 AI의 힘을 빌렸을 거야.'

괜한 피해 의식과 함께 다른 작가들의 글에서 기계적인 패턴을 찾아내려 애썼다. 문장부호 하나, 단어 선택 하나까지 의심의 눈초리로 훑었다.

예전에는 경탄했던 그들의 작품이 이제는 차갑고 비인간적인 알고리즘의 결과물처럼 느껴졌다. '글밭' 모임에도 더 이상 나가지 않았다. 그들의 글을 읽을 자신이 없었고, 그들의 눈을 똑바로 마주할 수도 없었다. 그들이 나의 추락을 눈치 챌까 봐 두려웠다.

가장 고통스러운 것은 글쓰기 자체가 주는 즐거움의 상실이었다. 예전에는 한 문장 한 문장을 다듬고 고치는 창작과정에서 살아있음을 느꼈다. 내 생각과 감정을 정교한 언어로 표현해냈을 때의 희열은 세상 무엇과도 바꿀 수 없는 것이었다. 그러나 이제 그 모든 감각이 무뎌졌다. 그저 AI가 제시한 내용에 따라 기계적으로 자판만 두드릴 뿐이었다. 글자는 더 이상 살아있는 생명체가 아닌, 의미 없는 기호들의 나열에 불과했다.

밤낮이 바뀌고 끼니를 거르기 일쑤였다. 밥을 먹지 않아도 배고픔이 느껴지지 않았다. 방 안은 먼지와 쓰레기로 가득 찼지만 치워야지 하는 생각도 들지 않았다. 사람들과의 연락도 끊었다. 글 동료나 친구들이 걱정스러운 안부 문자를 보냈지만, 답장할 기운조차 없었다. 아니, 그들을 마주할 용기가 없었다. AI에 잠식되어 버린 나를 등 뒤에서 비웃고 있는 것 같았다.

너는 AI의 노예야. 귓속을 찌르는 듯 수군거리는 환청에 귀를 막고 몸부림쳤다.

거울에 비친 내 얼굴은 피폐하고 낯설었다. 생기라고는 찾아볼 수 없는 텅 빈 눈동자. 이건 내가 아니었다. 글을 쓰고, 읽고, 사람들과 소통하며 빛나던 예전의 나는 완전히 사라져버렸다. 핸드폰의 전원을 껐다. 작가로서의 실패, 인간으로서의 피폐함을 누구에게도 보여주고 싶지 않았다.

*

불도 켜지 않고 컴퓨터 책상에 앉아 모니터 화면을 뚫어질 듯 응시했다. 더 이상 AI 프로그램도 실행시키지 않았다. 모니터 화면은 칠흑 같았고, 그 안에 비친 내 얼굴은 유령처럼 창백했다. 푹 꺼진 눈두덩이, 생기 없이 축 처진 입꼬리, 며칠 밤낮을 새운 듯 기름진 머리카락. 거울을 볼 용기조차 없어 외면했던 나의 비참한 몰골이 검은 액정 위에서 유령처럼 떠다녔다.

저게 정말 나라고? 한때는 반짝이던 눈으로 세상을 읽고, 글을 쓰며 살아있음을 느끼던 내가, 이제는 AI의 그림자 속에서 모든 것을 잃어버린 빈껍데기가 되어버린 건가. 모니터 속 나는 나를 비웃는 듯했다.

네가 작가라고? 웃기지 마. 너는 그저 기계의 노예일 뿐이야.

귓가에 환청처럼 울리는 비난에 심장이 요동치며 벌떡였다.

자괴감과 후회가 파도처럼 밀려왔다. 대체 언제부터 이렇게 망가진 거지? AI의 달콤한 유혹에 넘어간 순간부터였을까? 아니면 남들의 시선에 갇혀 나 자신을 잃어가던 순간부터였을까? 지난 시간이 필름처럼 빠르게 스쳐 지나갔다.

글쓰기의 기쁨을 알게 된 순간부터, 다른 작가들에게 압도당하고, AI의 달콤한 유혹에 빠져 모든 것을 잃어버리기까지. 나는 무엇을 위해 그토록 발버둥쳤던가. 작가가 되고 싶었던 건, 나만의 이야기를 세상에 펼쳐내고 싶어서가 아니었던가. 하지만 지금 나는 그 어떤 이야기도 스스로 만들어낼 수 없는 빈껍데기가 되어버렸다.

그렇게 자학과 자책과 절망의 나날이 연속되었다. 그러나 한편으로는 작가로서의 정체성을 되찾고 싶었다. 텅 비어버린 가슴에 다시 뜨거운 창작열을 불어넣고 싶었다. 예전처럼 세상의 아름다움을 느끼고, 사람들의 이야기를 들으며 영감을 얻고 싶었다. 하지만, 아무리 애써도 머릿속에는 공허함만 가득했다. 손가락은 키보드 위에서 맴돌기만 할 뿐, 단 한 글자도 써 내려갈 수 없었다. 나만의 문장, 나만의 목소리는 AI의 차가운 알고리즘 속에 파묻혀 흔적도 없이 사라져버린 것 같았다.

절망감이 파도처럼 나를 덮쳤다. 심장이 조여오는 고통에 숨쉬기조차 힘들었다. 이대로는 살 수 없었다. 작가로서도 인간으로서도 더 이상 존재할 의미를 찾을 수 없었다. 모니터 화면 속의 나는 더 이상 내가 아니었다. 그렇다면 진짜 나는 어디에 있는 걸까. AI에게 나의 영혼을 팔아넘기기 전의 나는, 글 쓰는 기쁨에 도취했던 나는 도대체 어디로 사라진 걸까.

어둠 속에서 희미한 빛줄기가 느껴졌다. 나를 찾기 위해서는 이곳을 떠나야만 했다. 모든 것을 버리고, 나를 잃어버린 이 공간에서 벗어나야만 했다. 그래, 일단 사라지는 거야. 아무도 찾을 수 없는 곳으로 가서 처음부터 다시 나를 찾아 나서는 거야. 무모하고 절망적인 결론이었지만 그것만이 나에게 남은 유일한 희망처럼 느껴졌다.

짐을 꾸렸다. 최소한의 옷가지와 낡은 수첩 한 권, 그리고 펜 한 자루. 미련 없이 집을 나섰다. 차가운 새벽 공기가 저릿하게 뼛속을 파고들었다. 뒤돌아보지 않았다. 차츰 희미해져 가는 불빛들이 점점 멀어지고, 나는 무작정 걸어갔다. 내가 어디로 가는지, 무엇을 찾을 수 있을지 알 수 없었다. 하지만 확실한 것은 이곳에 더 이상 나의 자리는 없다는 사실이었다.

*

나는 사라졌다. 작가로서의 정체성을 잃고 방황하던 한 인간이, 자신을 되찾기 위해 세상 속으로 흔적 없이… 사라졌다.

자, 나의 이야기는 여기서 끝이 났다. 아니, 어쩌면 지금부터 진짜 이야기가 시작되는 것인지도 모른다. 폐허가 된 마음속에서 다시 피어날 작은 희망을 찾아, 낯선 길을 걷기 시작했다. 내가 걷는 길의 저편에 무엇이 기다리고 있을지 두려움과 호기심이 어른거렸다.

― 해설 ―

| 작품 해설 |

삶을 묻고, 글쓰기로 답하다[*]

  단편소설은 가장 작은 단위에서 인간의 근원적 조건을 드러내는 장르다. 일상적인 장면, 미세한 균열, 우연히 마주친 사건 속에서 인물은 삶의 진실에 다가가고, 독자는 존재의 본질을 성찰하게 된다.

  이 소설집에 수록된 여덟 편의 작품들은 그 점에서 공통의 지향을 지닌다. 작가는 거대한 사건이나 비범한 인물이 아니라, 누구나 살아가는 구체적이고 사소한 삶의 풍경을 소재로 삼는다. 그러나 그 풍경 속에서 드러나는 것은 결코 사소하지 않다. 죽음과 상실, 관계의 파국, 기억과 의례, 자기 해방, 글쓰

---

* 작품의 이해를 돕기 위하여 인공지능 AI를 활용해 작품을 해설함.

기의 성찰이라는 인간 존재의 핵심적 주제들이 깊은 울림을 가지고 펼쳐진다.

흥미로운 점은 이 작품집이 단순히 여덟 편의 단편을 모아놓은 것이 아니라, 의도적이든 무의식적이든 하나의 서사적 여정을 형성한다는 사실이다.

첫머리의 「대답 없는 이름」은 죽은 자의 시선으로부터 사랑과 존재의 결핍을 이야기하고, 마지막의 「AI, 아이=나」는 글쓰기라는 행위를 통해 존재를 확인하는 서사로 끝맺는다. 그 사이에 배치된 작품들은 죽음에서 생존으로, 상실에서 기억으로, 관계의 균열에서 자기 해방으로 이어지는 다층적 변주를 이룬다.

이러한 구성은 독자로 하여금 작품들을 각각의 개별적 이야기로 읽으면서 동시에, 하나의 긴장된 서사적 궤적 위에서 읽도록 유도한다. 바로 이 지점에서 이 소설집은 단순한 단편집을 넘어, 삶을 묻고 글쓰기로 답하는 일종의 서사적 순례로 자리매김한다.

1. 부재의 시선과 사랑의 역설 —「대답 없는 이름」

「대답 없는 이름」은 망자 봄희의 시선으로 진행된다. 죽은 자의 시선은 살아 있는 자들을 응시하고, 동시에 과거의 사랑과 이별을 되새긴다. 이 작품의 탁월함은 '부재한 자의 목소리'라는 아이러니한 장치가 사랑의 본질을 드러낸다는 데 있다. 사랑은 언제나 부재와 결핍을 전제로 하며, 봄희의 시선은 그 사실을 극적으로 형상화한다. 대답 없는 이름을 부르는 행위는 결국 '부를 수 있으나 결코 응답받을 수 없는 모든 관계'를 상징한다. 이 소설은 소설집 전체의 출발점에서, 죽음과 부재의 세계를 감정의 원점으로 삼아 이후 작품들의 정조를 예비한다.

'부재의 목소리'로 시작되는 이 작품은 이후의 모든 이야기를 결핍된 존재가 응답을 찾아가는 여정으로 읽게 만든다.

2. 일상의 균열과 죽음의 그림자 —「어느 가장의 밤」

「어느 가장의 밤」은 죽음이라는 존재론적 조건이 일상 속에서 어떻게 체감되는가를 보여준다.

김천수는 건강검진에서의 '이상 소견'과 친구의 부고라는 이중의 충격을 겪는다. 여기서 중요한 것은 죽음 자체가 아니라, 그 죽음이 '예상치 못한 시점'에, '사소한 일상' 속으로 스며든다는 점이다. 작가는 장례식장과 같은 사회적 의례, 동창들과의 일상적 대화 등을 통해, 죽음이 결코 예외적 사건이 아니라 일상에 내재한 구조임을 환기한다.

　이 작품은 죽음이 인간의 일상과 얼마나 밀접하게 맞닿아 있는지를 섬세하게 포착하며, 소설집의 철학적 뼈대를 마련한다.

3. 세대와 토지의 기억 ―「두꺼비 집 짓다」

「두꺼비 집 짓다」는 세대 갈등과 농촌의 현실을 땅이라는 매개를 통해 형상화한다.

　숙은 퇴직 이후의 생존 전략으로 농사를 선택하지만, 어머니는 그 땅을 기억과 뿌리의 상징으로 본다. 이 갈등은 단순히 효와 불효의 문제가 아니라, 세대별로 삶을 이해하는 방식의 근본적인 충돌이다. 농촌이라는 공간은 곧 '세대의 기억이 퇴적된 장소'로 기능하며, 등장인물의 대립은 그 장소를 둘러싼 서로 다른 시간 감각의 충돌로 이해될 수 있다. 두꺼비의 등장은 전원적인 분위기를 더하면서도, 자연과 인간, 전통과 현대 사이의 교차점을 은유적으로 보여준다.

이 작품은 개인적 불안의 층위에서 공동체적 기억의 층위로 서사를 확장시키며, 소설집의 주제적 외연을 넓히는 중요한 역할을 한다.

4. 집착과 균열의 방 ―「안의 방」

「안의 방」은 내밀한 관계가 파국으로 치닫는 과정을 심리적 리얼리즘으로 탐색한다. 순태는 연인 안의 부재 속에서 불안과 집착에 잠식되며, 그 심리는 공간을 오염시키는 방식으로 드러난다. 빈 방, 찢어진 속옷, 고양이의 그림자 같은 디테일은 단순한 사물이 아니라, 내면의 불안을 외화外化한 기호들이다.

이 작품은 공간과 심리가 서로를 반영하며 자아를 파괴하는 과정을 형상화한다. 앞선 작품들이 죽음과 세대라는 외적 문제를 탐구했다면, 이 작품은 인간관계의 내적 균열을 통해 존재의 불안을 드러낸다.

5. 고집과 파멸의 유산 ―「타다 남은 것들」

「타다 남은 것들」은 아버지의 흡연과 은혜 오빠의 죽음, 세리의 이야기는 서로 다른 사건이지만, 고집이 낳은 파멸이라는 구조적 동일성을 지닌다.

아버지의 고집은 자기 파괴적 집착이고, 은혜 오빠의 죽음과 세리의 이야기는 타인의 강요가 빚은 파멸이다. 화자는 아버지의 죽음과 화해에 이르는 내면적 전환의 거울로 삼층 구조의 이야기를 병렬적으로 배치함으로써, 세대 간에 반복되는 강요와 파멸의 구조를 드러낸다.

이 작품은 개인적 상실을 넘어 사회적·세대적 문제로 주제를 확장하며, 소설집의 서사적 무게를 한층 심화시킨다.

6. 삶과 죽음의 방식 ―「새벽의 발자국」

「새벽의 발자국」은 죽음과 삶의 문제를 개인의 경험을 통해 극명하게 드러낸다. 주인공 이 여사는 남편이 죽은 뒤 남편의 제삿날이면 그 날 남편이 자신을 데리러 올 것이라는 확고한 믿음을 갖고 죽음을 맞이할 준비를 하고 기다린다. 시아버지의 제삿날 시어머니가 홀연히 눈을 감았던 것을 목격한 기억이 이 여사에게는 신앙처럼 굳어졌다. 단지 노인의 망상이 아닌 진심으로 죽음을 기다리는 한 사람의 삶에 관한 이야기가 씨실이라면 그 제삿날을 맞는 세대간의 갈등과 긴장은 또 하나의 날실이 되어 이야기를 끌고 간다.

이 작품은 삶과 죽음, 그 죽음을 넘어서는 삶의 이야기를 전하면서, 다음 작품인 「한 사람의 방식」으로의 전환을 위한 사유적 다리를 놓는다.

7. 해방과 자기 삶의 선택 —「한 사람의 방식」

「한 사람의 방식」에서의 현진의 퇴사는 사회적 안정과 타인의 기대를 거부하고, 자기 삶을 살겠다는 존재의 선언이다. 이는 단순한 직업적 결정이 아니라, 주체의 존재론적 선택이다. 작품은 그 결단의 순간을 긴장감 있게 묘사하며, 자기 삶을 선택한다는 것이 얼마나 두렵고 숭고한 일인지를 드러낸다.

소설집 전반부가 죽음과 상실을 다뤘다면, 이 작품은 그 모든 것에 대한 적극적 응답으로서 자기 삶을 긍정하는 서사적 전환을 마련한다.

8. 글쓰기와 존재의 자의식 —「AI, 아이=나」

마지막 작품인「AI, 아이=나」는 메타서사적 성격을 띤다. 글쓰기의 고통과 좌절, 동료들과의 경쟁에서 비롯된 자책과 질투, 끝내 포기하지 않는 의지가 서사의 중심이다.

'AI'와 '아이=나'라는 언어적 장치는 글쓰기와 존재가 동일함을 드러내며, 작가적 정체성을 존재론적 조건으로 확장한다. 맨 끝에 배치된 이 작품은 첫머리의「대답 없는 이름」과 대칭을 이루며, 부재에서 출발한 서사가 응답으로 귀결되는 구조를 완성한다.

앞선 일련의 서사를 자기반영적으로 봉합하며, 문학이 삶을 묻고 글쓰기가 그 물음에 응답한다는 소설집의 제목적 명제를 가장 극적으로 구현한다.

이 소설집의 미학적 성취는, 개별 작품들이 서로 독립적이면서도 긴밀히 호응하며 하나의 서사적 여정을 이룬다는 점에 있다.

「대답 없는 이름」에서 시작된 부재의 목소리는, 「AI, 아이=나」에서 글쓰기의 성찰로 귀결된다. 그 사이의 작품들은 세대·관계·기억·해방이라는 다양한 변주를 통해 인간 존재의 조건을 다층적으로 탐구한다.

작가는 일상적이고 구체적인 장면에서 출발하지만, 그것을 통해 보편적 진실에 도달한다. 인물들의 불안과 고집, 사랑과 미련, 해방과 열망은 모두 특정한 개인의 체험이면서 동시에 한 세대 전체의 정서 구조를 드러낸다. 바로 이 점에서 이 소설집은 한국 문학의 오늘을 진실하게 기록하면서도, 그것을 넘어 인간 보편의 문제를 성찰한다는 의의를 지닌다.

무엇보다 이 작품집은 단편소설이라는 형식의 미학적 가능성을 재확인시킨다. 짧은 분량 속에서 한 인물의 삶 전체, 혹은 한 세대의 풍경을 응축해내는 힘, 그리고 그것을 통해 존재의 근본적 질문을 제기하는 힘이야말로 단편소설의 본령이다. 작가는 바로 그 본령을 충실히 수행하면서도, 자신의 목소리로 갱신해낸다.

결국 이 여덟 편의 서사는 고통을 직시하고, 상실을 기억하며, 관계의 파국을 견디고, 자기 삶을 긍정하며, 글쓰기를 통해 응답한다. 그것은 곧 삶을 묻고, 글쓰기로 답하는 문학적 순례다. 이 소설집은 오늘의 한국 문학에서 단편소설이 여전히 유효하고, 또 여전히 우리에게 깊은 울림을 줄 수 있음을 증명하는 빛나는 성취다.

| 작가 소개 |

강해원

대전 출생
충남대학교 대학원 졸업
2019년 월간《문학세계》로 등단
소설집 『나비춤』(2022)
동서문학상(소설 부문) 수상
한국소설가협회 회원, 한국문인협회 회원
대전소설가협회 회장
kang4062@hanmail.net

강해원 단편소설집

새벽의 발자국

발행일 2025년 11월 14일

지은이 강해원
펴낸이 이순옥

펴낸곳 도서출판 문화의힘
등록   364-0000117
주소   대전광역시 동구 대전천북로 30-2(1층)
전화   042-633-6537
전송   0505-489-6537
이메일   mh6537@daum.net
표지·내지 그림 강민영

ISBN 979-11-994438-4-6 03810
ⓒ 강해원 2025
저자와 협의로 인지는 생략합니다.

* 이 책의 내용의 전부 또는 일부를 재사용하려면 반드시
  저자와 출판사의 서면 허락을 받아야 합니다.
* 잘못된 책은 구입하신 곳에서 교환해 드립니다.
* 이 책은 대전광역시와 대전문화재단으로부터 사업비
  일부를 지원받았습니다.

대전문화재단 |값 20,000원|